修道女たち

ケラリーノ・サンドロヴィッチ

白水社

修道女たち

Nuns

Japanese edition published by arrangement with CUBE. Inc.

目次

主な登場人物

村の人々

オーネジー……頭のよわい娘。祖母と村に住む。
テオ……オーネジーの幼馴染《おさななじみ》。帰還兵。
ドルフ……保安官の兄。
保安官（ラルゴ）……ドルフの弟。

修道女たち

シスター・ニンニ……オーネジーの親しい友人。
シスター・マーロウ……新任の修道院長。
シスター・ノイ……前修道院長の右腕だった。
シスター・アニドーラ……亡くなった修道女グリシダと親しかった。
シスター・ソラーニ……修道女になったばかり。ダルの娘。
シスター・ダル……修道女になったばかり。ソラーニの母親。

その他

テンダロ……死んだ修道女の兄。
死神

舞台となるのは石造りの山荘。

登場人物の出はけは、手前下手（個室へ続く廊下が、その先にあるらしい）、奥の上手及び下手（戯曲上は「奥の廊下」と記される）、そして舞台奥やや上手寄りの、この建物への出入口のドア。このドアの下手側に窓がある（戯曲上では「奥の窓」とした）。上手には村人が設《しつら》えた祭壇。そこから数段の階段を下りると暖炉がある。

センターには大きなテーブル。

部屋の下手には、段上に二脚の椅子と小ぶりのテーブル。食器棚と蓄音機。手前に窓。窓の下は棚になっている。

この窓から裏庭にあたる一画（戯曲では「外のエリア」等と表記）が覗《のぞ》く。降り積もった雪によって窓は全開することができない。

舞台美術家（ＢＯＫＥＴＡ）によるデザイン画。実際の上演での装置とは細部が異なる。
例えば、下手手前、個室へ続く廊下の前の椅子はベンチに変更された。同じく下手手前の窓の下には棚が設けられた。

時代　いつかわからないが、一世紀ほど過去を思わせる。

場所　どこかわからないが、ヨーロッパを思わせる山の麓《ふもと》に建つ、山荘。

その石造りの山荘は半世紀ほど前、村の人々によって建てられ、以降も村人が管理している。かつては祠《ほこら》だったその場所は、キリスト教で言うところの聖人をまつり讃《たた》えるべく建てられた。

ちょうど百年前、村の長老が病に倒れ、ある修道院から修道院長が呼ばれた。彼女の祈りによってあまたの病が治癒《ちゆ》したらしいというまことしやかな噂《うわさ》が広まっていたからだ。ところが、折悪く、登山中の彼女を豪雪が襲う。彼女は祈りを捧げながら山中で力尽きた。驚くべきことに村の長老は元気をとり戻し、百五十歳を超えるまで長生きしたという。彼女の祈りが届いたに違いないと、村の誰もが思った。長老は、おのが命と引きかえに自分を生かしてくれた彼女の為に祠を建てるよう、村人たちに命じたのだった。

それから毎年、寒さの厳しい時期に、修道女たちがこの山荘を訪れ、短くとも一週間、長い時は一か月を過ごし、巡礼《じゅんれい》の儀式を行なうのが定例となった——。

プロローグ

暗闇の中、オルガンの音。

キリスト教で言うところの聖歌のようだ。「キリスト教で言うところの」とわざわざ記すのは、この物語に登場する六人の修道女が入信しているのがキリスト教ではないからである。

歌入りとともに舞台に明かりが入り、歌う六人が浮かぶ。

（この場面のみ、舞台上は山荘ではなく、修道院の礼拝堂である。おのずと照明、装置ともに抽象性の高いものになろう）

修道女たち　♪主《しゅ》の船今ぞ　帆を上げん
憂いはあらず　罪も消ゆ
私の耳元　あなたの声は
時去りゆく音《ね》に　惑《まど》うことなく
頬《ほほ》伝う涙　あなたへ注《そそ》がん
尽きせぬ主への
こかせきし祈り
尽きせぬ主への
こかせきし思い

歌は終わるがオルガンはもう少し続いている。

ニンニ　天にましますわれらが父、ダズネ。今年も聖女アナコラーダの巡礼に参ります。どうぞ私たち六つの命に、今日もこの日の糧《かて》をお与えください。清き道へと導き、誘惑からお救いくださいさい。地上での歩みを終えた姉妹たち四十三名の魂に、永遠の安息が与えられますように。（十字ならぬ錨《いかり》を切って）ギッチョダ。

他五名　（同じく）ギッチョダ。

修道女たち、荷造りを終えた、自分の荷物の方へ移動する中――

アニドーラ　遅いですね、テンダロさん……。
マーロウ　馬車の具合が悪いのかもしれませんね。先月いらっしゃった時も馬の蹄鉄《ていてつ》を替えないとなんておっしゃってましたから……。
ニンニ　鉄道でいらっしゃれば速いのに……。
ノイ　きっとお一人でいたいんですよ……駅舎や列車の中で見ず知らずの人たちに囲まれたくないんです……。
アニドーラ　そうですね、たった半年ですもの……まだまだとてもそんな気分には……。
マーロウ　（しみじみと）私たちは幸福ですね……こうして同じ思いを抱えながら、日々一緒にいられて……。天に感謝しなければいけません……。
皆（ダルとソラーニ以外）、同意し、錨を切って祈る。
マーロウ　やっぱり今年も写真、お願いすればよかったですね……。
ノイ　（穏やかに）院長様、そのことは皆同意したじゃありませんか。今年からもう写真は……。

マーロウ　そうですね。そうなんですけど……。

ノイ　そうですよ。（ダルに）写真屋さん一人呼ぶのに七〇〇〇ゲンズブールもとられるんです。

ダル　写真ですか……。

アニドーラ　記念写真です。毎年、巡礼に出掛ける間際に中庭で撮るのが慣わしだったんですよ、去年までの。それはもう賑《にぎ》やかで。ね。

ダル　へえ……。

ニンニ　（鞄から額入りの写真を出してダルに提示し）これです。去年撮った写真。四十七人で。

ノイ　もちろんお金のことばかりじゃないんですよ。毎年来てくださってた写真屋さんがなんでもひどいリウマチとかで。

マーロウ　息子さんがいるじゃないですか。

ノイ　息子さんはいますけど、七〇〇〇ゲンズブールですよ。

マーロウ　そうですね……。

ノイ　あなたも同意したじゃありませんか……。

マーロウ　はい。そうですよね。

ニンニ　（ダルに）見たくありません？

ノイ　（マーローウに）そうですよ……。

ダル　見たいです。（ソラーニに）見ますよ。（とニンニの方へ行く）
ニンニ　（写真を見て）フフフ……みんな楽しそう。（とダルに写真を）
ダル　（受け取って見る）
ニンニ　ね。これがシスター・グリシダです。今我々がお待ちしてるテンダロさんの妹さん。
ダル　ああ。
ソラーニ　（写真を見て驚き）すごいピンボケ……。
ニンニ　（動じず）たしかにピントは少しばかりあれですけど。
アニドーラ　（写真を見て嬉しそうに）笑ってるわ……グリシダも、ハーシーもマーゴも……。
ニンニ　ええ……。
アニドーラ　向こうに着いたらオーネジーにも見せてあげなくちゃね、この写真。
ニンニ　ええ、きっと喜ぶわ……。

ノイ以外の全員が写真に群がっている。

ニンニ　（はしゃぐように笑って）シスター・アニドーラ、目をつむっちゃってるわ。
アニドーラ　（同じく）タイミングが悪いんですよ。あの方撮りますよって言ってから

マーロウ　間があくんですもの。
マーロウ　そうそう、そうでしたね。年々妙に間があくようになって。（ノイ、ソラーニ以外の皆、高らかに笑う。で、ニンニに）あなたこれ、誰かのマネですか？
ニンニ　（アニドーラと嬉しそうに見合わせる）
アニドーラ　院長様ですよ。
マーロウ　私？
ニンニ　（ダルに）似てません？
マーロウ　（照れるように）似てないわ。
ニンニ　（ソラーニに）似てるわよねぇ。
ソラーニ　似てるも何も、ピンボケで。
ニンニ　似てるんですよ。
マーロウ　（嬉しそうにニンニに）まったくあなたは。
ダル　とても楽しそう……いい写真ですね、とても……。
一同　ええ……。（と写真を見つめている）

短い間。
皆、なんとなくノイを見る。

ノイ　言っておきますけど、私だって写真なんか必要ないと思ってるわけじゃないんですよ。
マーロウ　ええそれはもちろん。でも七〇〇〇ゲンズブールですからね。
ノイ　そうなんです。そこにきてリウマチでひどく具合が悪いともなれば。
マーロウ　ええ。
ニンニ　シスター・ノイ、あなたも笑ってらっしゃいますよ。
ノイ　（苦笑しながら）だって笑えって言うんですもの。……笑いますよ、私だって。
アニドーラ　もちろん笑いますよ。
ダル　（しみじみと）信じられませんね……。
ノイ　はい……？
ダル　こんなに楽しそうに笑っていた皆さんが、もういないんですね……。
一同　……。
ダル　ですけど、こうやっていつでも写真で会えますものね。
マーロウ　そうですよ。
一同　（同意する）
ノイ　来年から、経済的に余裕があったらまた考えましょう、写真……。

マーロウ　そうですね。そうしましょう。（ダルとソラーニに）シスター・アニドーラの隣が前の院長様ですよ。
ダル　（写真を見ながら）ああ。
ソラーニ　ああってママ、どれがアニドーラさんかわかるのこんなピンボケで。
ダル　（実はまったくわからないが）わかるわよ……。
ソラーニ　どれさ？
ダル　前の院長様の隣でしょ。
ソラーニ　だからどれよ。
ダル　（あてずっぽうに写真のどこかを指さして）これよ。ほらこの顔。
ソラーニ　顔？　顔なのこれ。
ダル　（実は自信なく）顔でしょ……。
ノイ　（不安になって初めて写真の方へ行きながら）そんなにピンボケでしたっけ？
　顔か顔じゃないかもわからないほど？
ニンニ　そんなことありませんわ。
ノイ　（見て愕然《がくぜん》とし）なにこれ。え、ものすごいピンボケじゃありませんか。
ソラーニ　だからそうなんですよ。
ノイ　え、これ私たちなんですか？
ニンニ　私たちですよ。

ノイ　違う写真ですよ。
ニンニ　そんなことありません。
ノイ　だって、私見ましたよ去年の記念写真、何度も。
アニドーラ　写真は古くなるとどうしても劣化して
ノイ　（遮って）古くなるとでしょ？　まだ一年ですよ。（改めて写真を見て）だってこれじゃ、なんかただの、モワーンとした固まりじゃありませんか。
ニンニ　よく見ればわかりますよ。たしかに去年の、中庭の私たちだって。
ノイ　よく見なくたってわかりましたよ、焼き上がったばかりの時は。
ニンニ　そんな、焼きたてと比較しちゃいけませんわ。
ノイ　そうなんですか……？
皆　（口々に）そうですよ。（とか）そうですね。（とか）
ノイ　……。
マーロウ　私は新しい修道院長にはシスター・ノイが適任だと豪語したんですけど……。
ノイ　私は……（と苦笑しながら首を振り）写真ひとつとってもこんなに無学な人間ですからね。シスター・マーロウ、あなたが適任です。よかったんですあなたで。

不意にソラーニが出て行こうとする。

ダル　どこ行くの？
ソラーニ　（鬱陶《うっとう》しそうに）え？
ダル　もうすぐに出発の時間よ。
ソラーニ　分かってるよ。部屋。
ダル　ここにいなさい。
ソラーニ　……。
マーロウ　（穏やかな口調で）シスター・ソラーニ。
ソラーニ　（やや反抗的に）はい……。
マーロウ　ここでの生活は敬語を使うのです。私がこれを言うのはもう何度目でしょうね。
ソラーニ　……。
アニドーラ　（やはり穏やかに）あら、返事がないわ……。
ダル　返事なさい。
ソラーニ　……。
ノイ　したんですよ。（ソラーニに）しましたよね。ただ声が少しばかり小さかったんです。

ソラーニ　（まだ少し不満げではありながら）すみません……。
ダル　（ソラーニを見ながら）ほんとにこの子は。
マーロウ　シスター・ダル、あなたもです。
ダル　はい。
マーロウ　名前の前にはシスターとつけること。俗世《ぞくせ》では母子《おやこ》でも、ここでは私《わたくし》たちは等しく神の子、姉妹なのです。
ダル　はい院長様。悔《く》い改《あらた》めます。
ノイ　仕方ありませんよ最初のうちは。すぐに慣れます。最初は誰でもそうなんです。
マーロウ　そうですけど気をつけないと。
ノイ　そうですすね。気をつけてください。
ダル　気をつけます……。
ソラーニ　（不意にノイに、挑みかかるように）こかせきしって何ですか？
ノイ　はい？
ソラーニ　こかせきし。♪尽きせぬ主への／こかせきし思い。（と先ほどの聖歌の一節を歌って）どんな思いですか？
ノイ　（思いも寄らぬ質問に）どんな……。（とマーロウを見る）
ソラーニ　（信じられないとばかりに）え、わからないで歌ってたんですか？

ダル　（諫《いさ》めて）シスター・ソラーニ。
ソラーニ　（ダルに）なにこかせきしって。
アニドーラ　こかせきるんです。
ソラーニ　こかせきる？　ママ、こかせきるんですって。
ダル　ママじゃありません。
ソラーニ　シスター・ダル。（主にアニドーラに）え、こかせきるってどういう意味（ですか）。
ニンニ　（かぶせて）意味じゃないんです。
ソラーニ　意味じゃない……!?
ニンニ　意味じゃありません。
ダル　（思わず）意味じゃないんですか……!?
ソラーニ　じゃなんですか？
マーロウ　日々歌ったり祈ったりする中で授かるものがあるんです。
ノイ　意味以外の、もっとずっと大切な何かですよ。
ソラーニ　わからない。それは――
ニンニ　あなたにもいつか理解できるようになります、私たちと共に祈れば。
そうですよね。
アニドーラ・ノイ・マーロウ　（即答で口々に）その通りです。（とか）そうですよ。（とか）

ソラーニ・ダル　……。
アニドーラ　いらっしゃったわ。

テンダロがやって来たのだ。

テンダロ　こんにちは、遅くなってしまって……。

皆、口々に挨拶《あいさつ》をする。

テンダロ　申し訳ありません。
マーロウ　お待ちしておりました。よかった、もう少しで出発してしまうところでした。
テンダロ　そうですか。よかった間に合って……冷えますね。もっともあなた方はこれからもっとずっと寒い思いをしなくちゃならないわけだけれども……。
(と、ダルとソラーニを発見する)
マーロウ　シスター・ダルとシスター・ソラーニです。
テンダロ　こんにちは。
ダル　こんにちは……神の御加護《ごかご》を。

テンダロ　ええ、（と流して）え、いつから？
マーロウ　二か月とちょっと前ですね、誓願《せいがん》をたてたのが。
テンダロ　はぁ……。
ダル　神の御加護を。
テンダロ　はい。（と流して）そうだ、よかったらこれ。

テンダロ、手にしていた包みをひろげる。

マーロウ　なんですか……？
テンダロ　妹の遺品です……。
一同　……。
テンダロ　指輪やらネックレスやら、細々としたものが……どうぞお納めください。
マーロウ　いただけません。
テンダロ　どうかそうおっしゃらずに。
アニドーラ　私たち、装飾品は——
テンダロ　ええ、ええ、もちろん承知の上です。あ、どうか誤解なきよう。妹も、グリシダの奴も年に一度、一週間の帰省期間だけなんです、こういうものをつけたのは。それもあいつがつけたかったわけではなくて、年老いた

アニドーラ　親父とおふくろを喜ばせる為に……。
テンダロ　ええ……。（他意無く）修道服着てるとお婆さんみたいだけど、ちょっと着飾ればね。いつだって嫁に行ける普通の娘になれるんだってことを、あれしてやりたかったんだと思います。
一同　……。
テンダロ　ええ……。よかったら巡礼先のバザーで売ってください、ジャムや薬草酒や、列車の模型と一緒に並べて……ガラクタばかりでたいした値《ね》はつかないでしょうけど……。少しでも足しになればきっとグリシダも喜びます……。どうかお納めください……。

マーロウ、指示を仰ぐようにしてノイを盗み見る。ノイ、受け取りなさい、と頷《うなず》く。

マーロウ　そうですか……では遠慮なく……。
テンダロ　よかった……。

マーロウ、木箱を受け取る。

テンダロ　……では妹と少しだけ話をしてきます。（ニンニとアニドーラがつきそって行こうとするのを）あ、いや、大丈夫。ひとりで。

テンダロ、そう言って中庭にある墓に向かって歩き出すが、不意に立ち止まる。

テンダロ　（背を向けたまま）……中庭は風が強いんじゃないですか。
マーロウ　はい……？
テンダロ　妹たちが植えたミモザ、ちゃんと根付きますかね……。
ノイ　ええ、ご覧になればわかります。年が明ければお墓の周りに綺麗《きれい》な花をいっぱい咲かせますよ。
テンダロ　ならよかった……（と皆を振り向き）大切な巡礼の出発間際なのに、お手間とらせてすみません、こんなことで。すぐ済みますから。
マーロウ　いえ、どうぞお気の済むまで……シスター・グリシダも喜びますわ。
テンダロ　……神の御加護を。
一同　神の御加護を。

テンダロ、中庭へと去った。

ノイ　ミモザか……。
マーロウ　はい？
ノイ　ミモザかって言ったんです。
マーロウ　ああ……。
ノイ　おかしいですか？　テンダロさんが今ミモザのお話をしてお墓に行かれたからあたしがミモザかって言っただけのことですよ。
マーロウ　いいえ、おかしくは……。
ノイ　でしょ。むしろごく普通と言ってもいいくらいですよ。
マーロウ　そうですね……。どうしましょうかこれ。（木箱のこと）
ノイ　はい？
マーロウ　持って行きますか。
ノイ　あなたが決めることですよ。
マーロウ　はい。（一瞬考えて）じゃあ置いて行きます。
ノイ　置いてくんですか？
マーロウ　……。
ノイ　持って行ってバザーで売れば少しでも足しになるんじゃないですか……？
マーロウ　じゃ持って行きますか？
ノイ　ですからそれはあなたが決めることです修道院長様。

マーロウ　……わかりました。
ノイ　どうわかったんです？
マーロウ　（一瞬考えて）私が決めることだよなぁって。
ノイ　ああ。
マーロウ　はい。（で、別のことをしようと）
ノイ　……ん、でどうするんですか。
マーロウ　（やや投げやりに）ですから、決めます。
ノイ　いつ決めるんです。
マーロウ　いつ決めるかも私が決めますから。
ノイ　ですけどもう出発ですよ。
マーロウ　（声高に）向こう着いてこれがあったら、「ああ持って来るって決めたんだなぁ」って思ってくだされはいいんじゃないでしょうか。
ノイ　（愕然として）なんですかその態度は……!?（皆に）見ましたか今のシスター・マーロウの態度……!

マーロウ　（すでに自省していて）お許しください。
ノイ　驚いてます私……。
マーロウ　驚かせて申し訳ありません……。
ノイ　悔い改めなさい。

マーロウ　悔い改めます。
ノイ　持ってゆくことに決めたんですね。
マーロウ　決めました。
ノイ　そうですか。バザーで売ればね。
マーロウ　はい……。
ノイ　シスター・グリシダも喜ぶことでしょう、天国で。
マーロウ　はい……。
アニドーラ　私《わたくし》、ちょっと。（と庭の方へ向かおうと）
ノイ　どこへ行くんですかシスター・アニドーラ。
アニドーラ　ちょっと。
ノイ　なんですかちょっとって。
アニドーラ　テンダロさんを見て来ます。
ノイ　どうして見て来るんです。
アニドーラ　いえ……。
マーロウ　ひと月に一度なんです、妹さんと二人にしてさしあげなさい。
アニドーラ　はあ……。
ノイ　どうして見て来たいんですか？
アニドーラ　……テンダロさん、いつも妹のお墓ではなく、別のお墓の前であれして

マーロウ　らっしゃるので……。
ニンニ　別のお墓……？
ニンニ　シスター・ジュリエッタのお墓です。
一同　……。
アニドーラ　シスター・ジュリエッタのお墓です……。
マーロウ　え、どうしてテンダロさんが
ノイ　いいじゃありませんか。シスター・ジュリエッタのお墓にお参りしたって。
アニドーラ　いいでしょうか……。
ノイ　いいでしょ？　ジュリエッタだってグリシダと同じようにして天に召されたんです。テンダロさん親しかったじゃありませんかジュリエッタとだって。
アニドーラ　親しかったんです。とても。
ノイ　違いますよ。親しかったっていうのはそういう……みんなと親しかったんですからテンダロさんは。他のシスターのお墓にもお参りして何が悪いん（です。）
アニドーラ　（かぶせて）そうですけど、ジュリエッタのお墓だけなんですあの方は。
ニンニ　そうよ……他のシスターのお墓には目もくれないんです。
ノイ　あなたたちは何観察してるんですか、お墓参りに来た方を。

アニドーラ　せめてグリシダの、妹のお墓に「来たよ」ぐらい声を掛けてあげるべきじゃないでしょうか……!?
ニンニ　そうよ……!
アニドーラ　私、グリシダが不憫《ふびん》で……お兄さんに声を掛けてももらえないなんて……!
ニンニ　そう!
アニドーラ　私、テンダロさんにはそんな人であってほしくないんです……!
ニンニ　ホントよ!
ノイ　（ピシャリと）アニドーラ、ニンニ、あなた方がどうこう言う問題ではありません。
アニドーラ・ニンニ　……。
ノイ　ジュリエッタには辞《や》めてもらうつもりでした……前修道院長様から相談をもちかけられたのです……彼女が通じていたのはテンダロさんだけではありません……。これ以上私に言わせますか。
ニンニ　（ボソリと）ジュリエッタは嫌な人でした……。
ノイ　たしかに嫌な人だったかもしれません。少なくともこの修道院にはふさわしくありませんでした。でも、じゃあどうします。どうしろと言うんですかあなたは。
ニンニ　……。

ノイ　もうこの世にはいないんですよジュリエッタは……。彼女のお墓を壊しますか？

ソラーニ　（不意に）ママ、やっぱりあたしここやめる。

一同　え……!?

ソラーニ　やめたい。（ノイに）やめちゃ駄目《だめ》ですか？

ノイ　院長様にお聞きなさい。

ソラーニ　（マーロウに）駄目ですかやめちゃ。

マーロウ　ソラーニ、

ソラーニ　シスター・ソラーニ。

マーロウ　シスター・ソラーニ。あなたは終生《しゅうせい》の誓願を終えたのですよ。一生神に仕えると誓ったんです。

ソラーニ　ええ、無理矢理誓わされました。

ダル　ソラーニ。

ソラーニ　毎度そうだから。この前の宗教でもその前の宗教でも、無理矢理この人（ダル）につきあわされたんです。やめますから。

ここまでにテンダロが中庭から戻って来ているが、誰も気づかない。

ソラーニ、行こうとする。

ダル　（行こうとするのを制して）ソラーニ。
ソラーニ　離してよ！（と振りほどき、行く）
ダル　ソラーニ！（誰に言うとでもなく）お薬を飲ませればすぐに落ち着きますから。

ダル、ソラーニを追って去る。

マーロウ　神の御加護を……（と錨を切る）。
一同　（錨を切る）
マーロウ　（ノイに）考えるべきでしょうか……。
ノイ　何をですか？
マーロウ　シスター・ソラーニです。
ノイ　院長様、反抗的な魂を受け入れてこの世の摂理を教える。それも私たちに課された大切な使命なのではありませんか？
マーロウ　その通りです……。
ノイ　ええ……。
テンダロ　使命だ!?

マーロウ　あ……。

皆、ここで、彼が戻って来ていたことに初めて気づく。テンダロ、明らかに様子が先ほどとは異なる。

テンダロ　（異様な目つきで）手足を縛って祈りを捧げさせたところで……どうなんですかね、神のお怒りを買うばかりなんじゃ……？

マーロウ　（努めて穏やかに）縛ってなんかいませんよ。お二人とも自ら志願してこの道に入られたんです。どうかされたんですかテンダロさん……。

テンダロ　志願ですか……。

マーロウ　志願です……。

テンダロ　なにか言えない事情があるんでしょう。わざわざ今こんな宗教に。

アニドーラ　こんな……!?

テンダロ　こんなでしょう。知らないんですかあなたたち、街には壊されたダズネの像がゴロゴロ転がってますよ……知らないわけないな……信者だってだけで故《ゆえ》もない罪をでっちあげられて監獄《かんごく》行きだ……そんな時に、誰が好き好んでこんな宗教に救いなんか求めるんですか。救われるわけがないじゃありませんか！

マーロウ　（皆、絶句する中）一体どうされたんですかテンダロさん……。
テンダロ　どうもしない！　あなたたちも自覚した方がいいな。今こんな宗教にひきずり込むってことは、それすなわち犠牲者を増やすってことですよ!?　ウチの妹みたいな！
一同　（慄然と）……。
テンダロ　持参金目当てですか……？　え？　金が欲しくてあぁいう人たちを……。修練期間も設けずにいきなり誓願？　……ウチの妹は修道服着せてもらうまで五年かかりましたよ……。
一同　……。
テンダロ　金でしょ？　……ついにここ、ガスも電気も止まって暖炉で料理してるっていうじゃないですか……
マーロウ　そうですね。暖炉で料理してます。だからなんでしょう。
テンダロ　だからなんでしょうじゃないよ、聞いてんのか人の話！　耳無《ね》えのか!?
マーロウ　……聞いてます……耳もあります……。
テンダロ　だからあんたたちは金欲しさにあの二人をこんな邪教にひきずり込んで。
アニドーラ　邪教とはなんですか！
マーロウ　シスター・アニドーラ。
テンダロ　国王がそう言ってるって話だよ！

少し前から鐘の音が聞こえている。

マーロウ　テンダロさん、私たちはもう出発しなければなりません。
テンダロ　逃げるんですか……!?
マーロウ　はい……!?
テンダロ　また自分たちだけ逃げるのかよ！
マーロウ　何をおっしゃってるんです。
テンダロ　（かぶせて）あんたたちは悪魔だって言ってたよ！
マーロウ　……誰が!?
テンダロ　（庭の方を指さし）今！　墓の中から！　聞こえたんだよ！　声が！　嘘じゃないぞ。はっきり聞いたんだ俺は！
アニドーラ　誰の声ですか……!?
テンダロ　泣いてたよ！　あんたたちを絶対許さないって言って泣いてた！
アニドーラ　誰がですか!?
テンダロ　（一瞬動揺が見えるが）……妹だよ！　グリシダ！
アニドーラ　ジュリエッタでしょ!?
テンダロ　！

しばらく声を発していなかったニンニが突如、テンダロに足早に歩み寄り、やにわに彼の首を絞める。

テンダロ　!!

アニドーラ、マーロウ、声を上げながら必死にニンニを引き離そうとする。

テンダロ、いったん逃れるものの、ニンニは執拗《しつよう》に追う。再度捕《つか》まったテンダロ、ニンニによってテーブルの上に強引にねじ伏せられる。

テンダロ　（うめき声を上げる）

しばし、あって――。

アニドーラとマーロウによってようやく引き離されたニンニ。

鐘の音とニンニのすすり泣きだけが響く時間、短くあって――。

ニンニ　（泣きながらテンダロに）帰りなさい！　帰れ！

マーロウ　シスター・ニンニ、黙りなさい。

ニンニ　神は許しませんよ！　天罰がくだるわ！

それまで黙っていたノイ、ニンニに歩み寄ると、彼女の頬を張る。

ニンニ　！

ノイ　神は試されているのです……。

テンダロ　（ノイに）殺そうとしたぞこの女……！　今俺を殺そうとした……！

ノイ　お許しください。今日のところはどうかお引き取りを。

テンダロ　天罰がくだるのはおまえらの方だ！

テンダロ、走り去る。

しばし、間。

ニンニ　（手を合わせ、泣きながら）お許しください……。

ノイ　涙をお拭きなさい。

ノイ、マーロウ、アニドーラの三人が、同時にニンニにハンカチを差し出す。

ニンニ　……（他意はなく、マーロウのハンカチを取る）。
マーロウ　（ので、シスター・ノイのハンカチを示し）こちらを（いただきなさい）。
ノイ　いいんですよ……。
ニンニ　（涙を拭きながら）気がついたら自然と手があの方の首に……。
マーロウ　……いいんです。
ノイ　よくはありません。
マーロウ　よくはありませんけど。
ニンニ　悔い改めます……。
ノイ　（テンダロが去った方を見て）人は自分の周りの茨《いばら》しか感じないものです……。
一同　……。
ノイ　さ、出かけなければ。今日の巡礼宿に着くのが夜中になってしまいます。
アニドーラ　シスター・ソラーニたちの様子を見て参ります。
マーロウ　（アニドーラに）私が参ります。あなたはシスター・ニンニについていてあげなさい。
アニドーラ　はい……。
ノイ　（マーロウに）私が参ります。あなたじゃ手に負えないでしょう。
マーロウ　はい……。（行こうとしたノイを呼び止めて）シスター・ノイ。

ノイ　（やや面倒臭そうに）なんですか院長様。
マーロウ　……戻って来るんですよね私たちは、ここに……この修道院に……。
ノイ　（少し笑って）なにを言ってるんですか、戻って来ますよ。ほんの二週間です。
マーロウ　ミモザの花、見られますよね。中庭の、お墓の周り一杯に咲いたミモザの花……。
ノイ　見られますよ……。
マーロウ　ええ……。

鐘の音。
風景が静止する。

幕間

昼。
雪が降っている。今はさほどの量ではないが、すでに周囲は一面の銀世界。
コート掛けに二着のコート。
テーブルの上にぞんざいに置かれた（オーネジーの）鞄。
目を引くのは、棚に置かれた木製の列車の模型。
燃えさかる暖炉の前で一人の男が手紙を読んでいる。テオだ。

テオ　（少し読み進めては愛おしむように笑い、やがて手紙の内容を声に出して読む）

「早くまた会いたいです。お話したいことが沢山《たくさん》あります。どうかカダラに気をつけて、ごきげんよう。あなたのオーネジー」。……フフフ……。

テオ　……。

テオ、突如、忌々《いまいま》しげに右腕を掻《か》く。（以降、時折、テオは腕を掻く仕草をする）

入り口のドアが開いて、オーネジーが、暖炉に焚《く》べる為の薪《まき》の束を持って入ってくる。

テオ　あ。
オーネジー　テオ？
テオ　やあ。
オーネジー　テオがいる。
テオ　（嬉しそうに）驚いた？　薪を取りに行ってたの？
オーネジー　薪小屋に。
テオ　うん。実はさっき――（言いかけてやめる）

オーネジーが、祭壇に向かって祈りはじめたのだ。

テオ　（祈りが終わったので）実はさっき出てゆくのが見えたんだ、薪小屋の方に行くのが。近くだからって風邪《かぜ》ひくぞ、上着も着ないで。

オーネジー　（少し嬉しそうに）あたしを追いかけてきたの？

テオ　そう。きっとここに違いないと思って……ドルフさんは？

オーネジー　（テオが持つ手紙に気づいて）あ、手紙。

テオ　うん。読んでた。君の鞄の中見たらあったから。

オーネジー　え？

テオ　封《ふう》破っちゃった。

オーネジー　ああ……。

テオ　フフフ……あなたのオーネジー。

オーネジー　（不意に恥ずかしくなって、怒ったように手紙を取り上げる）

テオ　（笑って）その手紙出しそびれたの？　ニンニって巡礼に来る修道院の人だろ？

オーネジー　（むくれたまま）ニンニよ。

テオ　……うん。今日来る修道院の人だろ。出しそびれたの？

オーネジー　（テオに背中を向けて）……。

テオ　ドルフさんは？　今週の管理当番ドルフさんなんだろ？

オーネジー　（背を向けたまま）知らない。あたしが来た時もういなかった。
テオ　そう……まずいんじゃないのかな、修道院の人たち来るのに。食材でも買い出しに行ったのかな……。座りなよ。
オーネジー　座らないの。
テオ　……。お茶とかないのかな。お酒でもいいけど。飲まない？
オーネジー　飲まない。ニンニたちが来てからニンニたちと飲むんだもの。
テオ　わかったよ……座りなよ。
オーネジー　（むくれたままヤケに勢いよく座り）……。
テオ　（その様子をまた笑う）
オーネジー　（笑われたことにまたカチンときて）なに!?
テオ　え？
オーネジー　どうして笑うのテオは……!?
テオ　ごめん。
オーネジー　……。
テオ　（オーネジーを見つめて）可愛《かわい》いなあと思って笑った……。
オーネジー　（内心嬉しく、鼻息が荒くなる）……。
テオ　三年前も可愛いかったけど、もっと別の……大人の女になったよ……。体つきもさ。変なアレじゃなくて。そう思わない？　自分でも。鏡

オーネジー　見て。
テオ　鏡見ない。見ろよ少しは。二十四の女なら。
オーネジー　二十四？
テオ　二十四だろ。
オーネジー　（きっぱりと）二十三。
テオ　え、そうだっけ？
オーネジー　（さらにきっぱりと）二十三よ。
テオ　あれ、そうか。ごめん。
オーネジー　二十三。
テオ　二十三か。
オーネジー　（ハタと）二十四だ。
テオ　二十四だよ。二十四だろ。俺三十だもん。
オーネジー　テオはいい。
テオ　いいってなによ。よくないだろ。
オーネジー　（思わずその様子を笑って）テオはいい。
テオ　（笑ってくれたことが嬉しくて）よくないって。よくないだろ。（オーネジー、さらに笑う）よくないだろ！（また笑うオーネジーを見て）よかった……

オーネジー　笑った……。
テオ　……。
オーネジー　そうだ……その手紙、（とオーネジーが手にした手紙を指し）ここ、カダラになってるぞ。
テオ　え。
オーネジー　ほら、「どうかカダラに気をつけて」。
テオ　カラダでしょ。
オーネジー　……うんだから、カラダがカダラになってるだろほら。
テオ　カラダが？
オーネジー　カダラに、（突如あきらめて）いい。
テオ　……。
オーネジー　……さっきその手紙……俺への手紙だったらよかったのにって思いながら読んでたんだよ……。
テオ　違うわ。テオへじゃない。ニンニ。
オーネジー　うん。
テオ　ニンニへの手紙よ。テオじゃない。
オーネジー　うんわかったから。（微笑んで）仲良しなんだな。
テオ　仲良しよ、とても。

テオ　よかった。女の人で。
オーネジー　（真意がつかめぬ様子で）え……？
テオ　（話を変えて）祭壇があるんだね……。
オーネジー　お祈りするのよ、神様に。ダズネ様、聖女アナコラーダ様。
テオ　うん。
オーネジー　お祈りすれば救われるの……。
テオ　俺が小っちゃい頃、ウチのじいさんがこの山荘の壁塗りしてたの覚えてるよ……中には入れてもらえなかった……村の人たちが毎日沢山集まってさ……それまではここ、ただの祠だったんだよ……。
オーネジー　ただの祠じゃない。聖女アナコラーダ様の祠。
テオ　うん、アナコラーダ様ね……（少し笑って）ヘビみたいな名前だって言ったらじいさんにぶん殴られた……正直言って、どうして村の人たちが自腹切ってまで祠立てたり、その祠をわざわざこんな立派な山荘にしたりするのか、理解できなかった……。
オーネジー　長老の病気をお祈りで治した方よ。もう絶対治らないって言われてた病気を。長老百五十まで生きたのよ。
テオ　うん……。本当なのかな……。
オーネジー　（ムキになって）本当よ！

テオ　実は長老は七十で死んで、あとの八十年は息子と孫が長老のフリをしてたって話もあるの知らない？　噂だけど。
オーネジー　知らない。
テオ　ちくしょ……！　（と腕を掻く）
オーネジー　なに……？
テオ　痒《かゆ》いんだよ。戦地で、ジャングルの中で妙な虫に刺されてさ……いや、刺されたというより、食い破られた感じ……野戦病院で治療してもらったんだけど……縫《ぬ》った跡が化膿《かのう》してるみたいでいつまで経《た》っても……。
オーネジー　虫？
テオ　うん、（手で大きさを示し）こんな、ヒルとゲジゲジの合いの子みたいな……もう三か月も経ってていうのにいっこうに腫《は》れが引かないんだよ。
オーネジー　どうしたのその虫？
テオ　え？
オーネジー　殺したの!?
テオ　いや、たぶん逃げた。意外にすばしっこくて……。
オーネジー　（安堵《あんど》して）そう……。
テオ　（そんなことより）痒いから掻くだろ、すると今度はひどくうずくんだよ、

オーネジー　夜もあまり眠れなくて。
テオ　お腹がすいてたのねその虫。
オーネジー　かな。なんか嫌な夢ばかりみるんだよ、眠れないから。
テオ　その虫は今
オーネジー　（遮って、大きく）虫のことはいいんじゃない!?　その虫は今なに!?　その虫は今も幸せに暮らしてるんじゃない!?　誰かの皮膚を食い破って。
テオ　（それならよいと）うん……。
オーネジー　うんて……。

外で複数の小鳥がチュンチュンとさえずる声。

オーネジー　（「!」となって）鳥たちが鳴いてる……。（と奥の窓の方へ）
テオ　どうしたのかな。
オーネジー　来るのよニンニたちが。もう近くにいる。（と窓を開ける）
テオ　ああ……。

テオ、棚の上の列車の模型を発見する。

テオ　あ、これ、この列車の模型があれ？　去年修道院の人たちと一緒に作ったっていう……。

オーネジー　（嬉しそうに）そう。素敵でしょ……!?

テオ　（曖昧《あいまい》に）ん、うん。

オーネジー　（窓から移動し、模型を手にとって）去年は四つも売れたのよバザーで。

テオ　へえ……。

オーネジー　今は列車だけど昔は船だったの。魂を乗せて天国へ行く船。

テオ　うん、（祭壇に飾られたシンボルを指し）あれも錨を象《かたど》ってるんだろ？　子供の頃おふくろから聞いた……。

オーネジー　うん。

テオ　ウチにいくつもあったよ、修道会のバザーでおふくろが買って来た船の模型……。

オーネジー　（目を輝かせて）へえ。

テオ　酔っ払った親父が全部こなごなにしちゃったけど。「こんなもんで救われるか」って言って……。

オーネジー　テオのパパは死んだら地獄に堕《お》ちるって言ってた。

テオ　誰が。

オーネジー　お婆ちゃん。
テオ　（苦笑して）へえ……。
オーネジー　（笑顔で）堕ちたかな？
テオ　（オーネジーにはかけず）堕ちたんじゃない？　堕ちたよあんな奴……。
オーネジー　うん。
テオ　お袋は天国だな……ホッとしてるだろうなきっと……親父と離れ離れになれて……。
オーネジー　天国ね……。
テオ　（オーネジーを見て）うん、船に乗って。
オーネジー　だから今は列車。
テオ　今は列車か……。
オーネジー　（良い返事を期待するかのような笑顔で模型を示し）売れるかな……。
テオ　え……？
オーネジー　今年もバザーで。
テオ　今年はどうかな……。
オーネジー　（表情曇り）どうして？
テオ　（口ごもり）ん、うん……。
オーネジー　（少しムキになって）どうしてよ。

テオ　いや……（と言い訳を探して）だってほら、この列車、動かないだろ。今時動かない模型は……ゼンマイか何かで動くようにすれば少しは売れるかもしれないいな……。

オーネジー　（列車の模型を見つめて）動けば売れるの？

テオ　うん。（話を変えて）ドルフさんどうしちゃったのかな。

オーネジー　（模型を見つめたまま）……。

テオ　あの人、管理当番をさぼるような人じゃないだろ？……当番じゃない時でさえしょっちゅう来てるっていうじゃないか……。

小鳥たちが再び、先ほどより高らかにさえずる。

オーネジー　！　（と窓を覗き）あ！　来た！

オーネジー、入り口のドアを開けて外へ――。

オーネジーの声　（遠くに叫び）ニンニ！　ニンニ！　（相手が手を振ったのか、嬉しそうに笑う）

と、テーブルの上に置かれた模型がカタカタと自然に走り始める。

テオ　!?

オーネジーの声　ニンニ！　アニドーラ！

タイトルがどこかに投影される。

『修道女たち』

1　到着の日の昼

外の雪は少し激しさを増したように見える。

風も強くなってきたのだろう。すき間風の音が聞こえている。

幕間の数時間後である。

コート掛けにはマントがズラリと掛けられている。

そこにいるのはオーネジーとニンニ。先ほどテオが読んでいたオーネジーの手紙を二人で読んでいる。二人とも、とても嬉しそうに。

マーロウが少し離れたところでノートに何か書きつけている。

ニンニ　「あの日みんなで作ったアップルパイは、今まで食べたどのアップルパイよりおいしかったです」（二人、笑い合う）。「毎日リンゴを見るたびに、楽しかったあの日のことを思い出すのです。カッコ、アップルパイをリンゴで作ったからです、カッコとじ」。

オーネジー　ニンニが好きだったアップルパイ憶《おぼ》えてるわ。

ニンニ　え？

オーネジー　お鍋でグチャグチャに煮たリンゴのよ。マーゴが作ったやつ。

ニンニ　わたしもあなたが好きだったアップルパイ憶えてるわ。ハーシーが作ったやつでしょ？　薄切りにしたリンゴをキレイに並べた、ちょっと酸っぱいの。

オーネジー　うん、酸っぱいの。

マーロウ　（手を止めて）あの日のアップルパイはどれもおいしかったですね。

ニンニ　憶えてらっしゃいますか？

マーロウ　もちろんですよ。私はリンゴが大嫌いなので、こうやって、リンゴを削《けず》っぱげて頂戴《ちょうだい》しましたけど。

ニンニ　削っぱげて……？

ニンニとオーネジー、顔を見合わせて思わず笑う。

マーロウ　（少し笑いながら）え、言いません？「削っぱげる」。
ニンニ　（大笑いしながら）言いません。
オーネジー　（同時に）言わない。
マーロウ　（納得いかないのか）ええ……？
オーネジー　今年もまた作りましょうね。アップルパイ。
ニンニ　そうね。
オーネジー　ハーシーとマーゴも一緒に？
ニンニ　（表情、曇って）……。
マーロウ　（静かに）オーネジー……。
オーネジー　はい……。
マーロウ　さっきシスター・ニンニも言いましたよね。で、あなたは理解したはずですよ。シスター・ハーシーもシスター・マーゴも、もういないんです……天に召されたんですよ……。
オーネジー　……。
ニンニ　「もう一度聞いてみたらいい返事が返ってくるかもな」って思ったのよね？
オーネジー　（コクリとうなずいて）……さびしいから……。
マーロウ　私たちもさびしいわ、とても……。

ニンニ　わかるわ……………私だって幾度も幾度も自分の胸に尋《たず》ねたもの。「ホントなの？　ねえ、ウソでしょ？」って……。

オーネジー　（少し期待して）そしたら？

ニンニ　え？

オーネジー　なんだって？

ニンニ　（やや戸惑いつつ）ああ、私の胸？

オーネジー　（うなずいて）嘘だって？

マーロウ　ですからオーネジー、期待しちゃいけません。本当です、天に召されたんです、ハーシーも、マーゴも。他の沢山《たくさん》のシスターと一緒に……。

オーネジー　（静かな口調でニンニに）列車に乗って……？

ニンニ　（少しだけ微笑《ほほえ》んで）そうよ……魂の列車に乗って……。

オーネジー　……。（祭壇に向かって錨を切り、手を合わせて祈る）

ニンニ・マーロウ　（ので、同じく錨を切り、手を合わせて祈る）……。

ニンニ　（静かに）忘れないであげてね、二人のこと……。

オーネジー　忘れないよ……。

ニンニ　ええ……いつかまたきっと会えるわ……そしたらまた一緒にアップルパイを作りましょうね……。

オーネジー　うん……。

マーロウ　そしたらまた私もいただくわ。リンゴ大嫌いだから削っぱげて。
オーネジー　はい……。
マーロウは、「削っぱげて」で場を和《なご》ませようしたのだろうが、二人とも、もう笑うことはない。
すき間風の音――
ニンニ　（努めて明るく）この先も読むわね……。
オーネジー　うん……。
マーロウ　（ニンニが黙読する中、オーネジーに小声で）その手紙どうして出さなかったんですか？
オーネジー　（同じく小声で）出そうと思って郵便局に行ったとたん、いつも書き直したくなっちゃうんだもの。
マーロウ　だけどこうして、一緒にいて読んでもらうのも楽しいですね。
オーネジー　はい。（チラとニンニを見て、マーロウに）読み終わったかな。
マーロウ　どうでしょう。本人に聞いてみた方が……。
ニンニ　（手紙に目を落としたまま）まだよ。
オーネジー　（マーロウに）……今どこ読んでるのかな。
マーロウ　私には皆目《かいもく》わかりません。

ニンニ　（手紙に目を落としたまま）もう少し。

オーネジー　……。（とマーロウを見る）

マーロウ　（ので、うなずく）

間。

ニンニ　（目を上げて）お手紙ありがとう……あたしもオーネジーにまた会えて、とても嬉しいです……。

オーネジー　（嬉しく）はい……。

二人、顔を見合わせると楽しそうに笑い合う。
マーロウは再び何か書きつけている。
アニドーラが奥の廊下から来て、祭壇に向かって錨を切り、祈る。

アニドーラ　（祈り終えて）風が吹いてきましたね……。

ニンニ　ええ……。

アニドーラ　雪も着いた時より少し強くなってます……（オーネジーに）早く帰った方がいいんじゃない？

オーネジー　お婆ちゃんには今夜は泊まってくるって言ってきたの。
アニドーラ　そう。
オーネジー　いいでしょ？
アニドーラ　（マーロウに）って聞いてます。
マーロウ　（書き物から目を上げぬまま）あなたにダメだなんて言えっこないでしょ？
アニドーラ　（オーネジーに）そうよ。毎年あれだけお世話になってて。

オーネジーとニンニ、顔を見合わせて、また少し笑う。

アニドーラ　それはそうと、ドルフさん一体どこへ行ってしまわれたのかしら……。
ニンニ　本当に……何かあれば代わりを寄こしてくださるはずですよね……。
マーロウ　あとで村へ托鉢《たくはつ》に出かけたついでにお宅に寄ってみましょう。
アニドーラ　そうですね……。

オーネジー、目をそらして眉をしかめている。

ニンニ　（オーネジーの表情に）どうしたの……？
オーネジー　ドルフさん、最近ヘンなの。

アニドーラ　ヘンて？
オーネジー　ドルフさんだけじゃない。ギロームさんもジョナスさんも。ヘン。
ニンニ　ヘンってどうヘンなの？
オーネジー　ヘンなの……。
ニンニ・アニドーラ　……。
マーロウ　ともかくお宅に伺《うかが》ってみましょう。
ニンニ・アニドーラ　はい。
オーネジー　（暖炉の上を指し）ねえ、あの箱はなぁに？

テンダロから受け取った、グリシダの遺品が入った木箱だ。

ニンニ　ああ……。（とアニドーラを見る）
アニドーラ　（ので、オーネジーに）シスター・グリシダの遺品。
オーネジー　イヒン？
アニドーラ　大切にしていたネックレスやブローチや、指輪。
オーネジー　グリシダの……。
ニンニ　いつだったか、グリシダと私たち（ニンニ、オーネジー、アニドーラ）の四人で、町はずれの見世物小屋に行ったわね……。

オーネジー　行った。
ニンニ　手が三本あるおじさんがやってる見世物小屋。
アニドーラ　（懐《なつ》かしむように）行ったわね……。
ニンニ　いつだったかしら？
オーネジー　去年の去年。
アニドーラ　一昨年《おととし》ね。
オーネジー　一昨年。（ニンニに）帰りはニンニと二人で帰ったね。
ニンニ　そうそう、はぐれちゃって。（アニドーラに）どこ行ってたのあの時、グリシダと。
アニドーラ　どこだったかしら……。（主にニンニに）コブラとマングースの闘《たたか》い見たわね、見世物小屋で。
ニンニ　見たわね……。
マーロウ　（急に割り込んで）どっちが勝ったんですか？
アニドーラ・ニンニ　……。（見合わせ、微妙に笑う）
マーロウ　え……？　なに秘密？（オーネジーに）どっちが勝ったのオーネジー。
ニンニ　オーネジーは見てないのよね。
マーロウ　見に行ったのに？
オーネジー　可哀想《かわいそう》で……。

マーロウ　ああ……。
アニドーラ　気がついたら柱の陰《かげ》にいたんです。
オーネジー　可哀想だもの……。
マーロウ　そうね……（ニンニとアニドーラに）でどっちが勝ったの？
オーネジー　闘うのをやめたの。
マーロウ　え？
オーネジー　仲直りしたのよ。

このあたりまでにノイが奥の廊下から現われ、祭壇に向かって祈っている。

マーロウ　（ギョッとして）コブラとマングースが……!?
オーネジー　（ニンニとアニドーラに）でしょ？
ニンニ・アニドーラ　ええ。
マーロウ　コブラとマングースがですか……!?
ニンニ　仲直りしたんです。
マーロウ　コブラとマングースですよ!?　あるんですかそんなことって。コブラとマングースは
ノイ　なんですかシスター・マーロウ、コブラマングースコブラマングース。

マーロウ　コブラとマングースが闘ったんです。
ノイ　闘いますよそれは、コブラとマングースは。
マーロウ　そうなんですけど
ノイ　嫌なんですか？
マーロウ　いえ……とくに嫌じゃありません。
ノイ　私は嫌だわ……。
マーロウ　え……。
ニンニ　院長様。
マーロウ　はい。
ニンニ　シスター・グリシダの遺品、オーネジーにもひとつ分けてあげてはいただけません？
オーネジー　え……？
ニンニ　彼女との思い出に。
アニドーラ　そうですね。オーネジーならいつだって身につけていられるもの。きっとシスター・グリシダも喜びます。
マーロウ　ああ……。（と伺いをたてるようにノイを見る）
ノイ　（ので）ですからどうして私を見るのですか？
マーロウ　（皆に）ではひとつだけ、

ノイ　ですけどそれなりに高価なものでしょうからね。
マーロウ　（皆に）とはいっても、高価なものでしょうからね。
アニドーラ　（マーロウに）では一番安いものを。
ニンニ　ええ、オーネジーに好きなの選んでもらって。
マーロウ　（オーネジーに）一番安いものを好きになれますかあなた。
オーネジー　（と言われても困ってニンニを見る）
ニンニ　（マーロウに）お願いします。
ノイ　いいんじゃないですかひとつぐらい。
マーロウ　……いいです。
アニドーラ　（オーネジーに）よかったわね……！
オーネジー　（ノイに）ありがとう……！
ノイ　お礼は院長様に。
オーネジー　ありがとう……！
ニンニ・アニドーラ　ありがとうございます……！

アニドーラ、暖炉の上から木箱を持ってくる。

ノイ　（マーロウに）シスター・ダルとシスター・ソラーニは？

マーロウ　まだ自分のお部屋の清掃《せいそう》では。
アニドーラ　いえ……あの帰還兵の方とおしゃべりされてます。
ノイ　え……。
アニドーラ　呼んで参ります。
オーネジー　（ニンニに）開けていいの？
ニンニ　いいわよ。

オーネジー、嬉しそうに箱の蓋《ふた》を開け、中に入ったアクセサリーを手にとる。
と、突然、すきま風が急激に強くなる。

皆（オーネジー以外）　……!?

柱に飾られていたダズネの石像とアナコラーダの石像、計三体が、たて続けに大きな音をたてて粉々に砕ける。

皆（オーネジー以外）　！
マーロウ　なに……!?
アニドーラ　ダズネ様とアナコラーダ様の像が……！

ノイ　一体何が起こったんですか……!?

皆、錨を切る。
開けた木箱を見つめていたオーネジーが、ひどく乱暴にその蓋を閉じる。

ニンニ　（その音に）どうしたの……？
オーネジー　ニンニ……！　（と立ち上がり、ニンニに抱きつく）
ニンニ　（よく理解できぬまま）……大丈夫よオーネジー……。
ノイ　破片を集めましょう。

アニドーラ、ノイ、マーロウが、砕けた像の破片を丁寧《ていねい》に拾い集める中——

ニンニ　こっちにいらっしゃい。（とオーネジーを暖炉の方へ）
オーネジー　（木箱のことを）やっぱりあれいらない……。
ニンニ　どうして？
オーネジー　捨ててしまった方がいいわ。
ニンニ　ダメよそんなこと……どうして……？
オーネジー　だって……。

アニドーラ　（破片を拾いながら）ダズネ様がお怒りなのでしょうか……。
ノイ　お怒りならこんな、御自分から砕けたりなさらないでしょう。
マーロウ　ですけど、あまりに怒りが強くてこう、パーンと……ありませんか、シスター・ノイ。
ノイ　砕けたことがですか？
マーロウ　いえ、
ノイ　院長様のおっしゃることはよくわかりません。
マーロウ　……。
アニドーラ　悪魔の仕業でしょうか……。
皆　（オーネジーとニンニもその言葉に反応し）……。
アニドーラ　ゆうべ夢をみました……亡くなった母の葬儀の夢です……私は棺の中の母に、最期《さいご》の別れの接吻《せっぷん》をしようとして、頬を近づけました……すると、閉じていた目が突然見開かれ、死んでいる母がけたたましい笑い声をあげて、私の肩に噛《か》みついたのです……気がつくと私は、母の首を切り落としていました……。
皆　……。
静寂。

アニドーラ　正直に申し上げます……ここのところの出来事はなにもかも、恐しい悪魔の力が神を凌駕《りょうが》しているとしか思えないのです……。
マーロウ　（さほど強くなく）シスター・アニドーラ……。
アニドーラ　……。
ノイ　祈りなさい。信じて祈るのです……祈れば神は必ずや、私たちをお救いくださいます……。

笑い声。続いて、個室へと続く廊下から、テオとダル、ソラーニの三人が談笑しながら来る。

テオ　（集められた破片を見て）……どうしたんですかこれ。
ダル　（割れた石像を見て）壊したんですか……!?
マーロウ　壊すわけがないじゃありませんか。
テオ　じゃあどうして……。
ニンニ　……自然に砕けたんです。
テオ　え……三つ同時にですか？
ソラーニ　やだ……（ダルに）ほらぁ。
マーロウ　ほらってなんですか……。

ソラーニ　すみません……。
テオ　痛んでたんですかね、古いから。
ソラーニ　だってまだ五十年かそこらでしょ。
テオ　（曖昧に）まあそうだけど……。

テオ、ニンニと寄り添うようにしているオーネジーに視線を転じる。

テオ　（オーネジーに）仲良しだな……。
オーネジー　仲良しよ……。
テオ　読んでもらったの？　手紙。
オーネジー　（嬉しそうに）読んでもらったわ。
テオ　よかったな……今彼女たち（ソラーニとダル）にいろいろ教わってたんだよ、修道院のこと。
オーネジー　テオ、帰らないの？
テオ　帰らないよ。泊まってくんだろ。（皆に）ドルフさん来るまで代わりに。できることがあれば夜中でも明け方でもなんなりと。
マーロウ　（やんわりと）そうは参りませんよ。いくらオーネジーのお友達だからって男の方は。

オーネジー　そうよ。
ニンニ　ドルフさんだってお泊りにはならないんですよ。
テオ　そうなんだ。
オーネジー　そうよ。
ソラーニ　いいじゃないですか、一晩くらい。（テオを見て）ねえ?

オーネジー、ソラーニを睨《にら》みつけるように見る。

ソラーニ　なんですか……!?
ダル　いいのよ。
ソラーニ　（ダルに）また睨んだわ。さっきも睨んだのよ。
ダル　（やや小声で）可哀想な方なのよ、わかりなさい。
テオ　（その言葉に反応して）……。
マーロウ　（ダルとソラーニに）あなたたち、入室の際には祭壇にお祈りを。
テオ　（はじかれるように）あ、すいません。

テオ、祈る。ダルとソラーニも。ソラーニはどこかおざなりに済ませてサッサと座る。
見るともなしに見ている一同。

マーロウ　（ダルとソラーニに）わかってますか。巡礼は旅行じゃないんですよ。
ダル　はい……悔い改めます……。

雪がさらに強くなっている。

ノイ　（アニドーラに）大丈夫ですか……。
アニドーラ　（やや小声で）はい……申し分けありません、取り乱してしまって……。
ノイ　いいんですよ……。
テオ　（最後に祈り終え）この冬は大雪になりますよ……カマキリがいつもの年よりずぅっと高い所に卵を生んでるんです。
オーネジー　それあたしが教えたのよテオに！
テオ　（笑って）いいじゃないか別に、君が教えてくれたことを言ったたって。なにムキになってんだよ。
オーネジー　（マーロウに）テオのオチンチンとってもおっきいんです。
マーロウ　え……!?
テオ　（ひどく慌《あわ》てて）バ、何言ってんだよいきなり！　関係ないでしょ!?
オーネジー　いいのよ別に。テオが教えてくれたことを言ったの。

テオ　（うろたえて）よくないよ！　関係ないだろ!?
オーネジー　おっきくてちょっとヘンな色なんでしょ？
ダル　（思わず声を発して）え……。
テオ　困るだろ皆さん、突然そんなこと教えてもらったって！　何憶えてるんだよあんな昔に言ったこと……！
オーネジー　憶えてるわ。
テオ　やめろよ修道院の人たちの前で。ごめんなさい。

その場は得も言われぬ空気になっていた。

ダル　（何を言うかと思えば）え、ちょっとヘンな色っていうのはどんな（色なのかしら）。
ソラーニ　ママ！
テオ　昔、冗談で話したことですよ。二人とも子供の頃の話ですから。
オーネジー　冗談？
テオ　冗談だろ。（と言ってから）いや、もう忘れた。いずれにせよその、色がどうこうっていうのは今は違うから。
オーネジー　違うの？

テオ　違うよ。ダメ違っちゃ!?

オーネジー　知らない。

テオ　なんだよ……（苦笑しながら、たまたまマーロウに）ったく、扱いづらいったらありゃしない。

マーロウ　仲がいいんですね……（とでも言うしかない）。

テオ　ええ、仲だけは……（オーネジーに）な。（誰に言うともなく）幼馴染《おさななじみ》なんで……。

ニンニ　（いささかキツい口調で）いくら幼馴染でも場をわきまえてくださいね。

テオ　ですよね。（オーネジーに）ほらみろ。

ニンニ　あなたです。

テオ　（面喰《めんく》らって）僕ですか……？

オーネジー　（笑う）

テオ　なにが可笑《おか》しいんだよ……。

ニンニ　（少し真顔でいるが、笑うオーネジーを見るうちに思わず吹き出して笑ってしまう）

テオ　（笑う二人を少し見てから苦笑いして）……わかんないよ君たちが……。

ニンニ　（まだ笑いながら）わかるわけないわよね。

オーネジー　（同じく）ね。

テオ　（わけがわからぬとばかりに）え……？

アニドーラ　（ノイに）これ、箱か何かに。（石像の破片を集めた包みのこと）
ノイ　そうですね……。

アニドーラ、包みを持って個室へと続く廊下へと去る途中、オーネジーがその包みに向かって錨を切るので、皆もそれに準じる。

テオ　（彼なりに気を遣《つか》ってか）これから墓地でお祈りなんですよね……。
ソラーニ　もう少し時間あるわ。（マーロウに）ありますよね。
マーロウ　（消極的に）もう少しだけありますけど……。
ニンニ　じゃ、お茶でも淹《い》れましょうか……。
マーロウ　お茶を飲んでるほどの時間は――。
ノイ　（マーロウに）いいじゃありませんか。
マーロウ　（テオに）……急いで飲んでいただくことになりますけど……。
オーネジー　あたしも行く。
ニンニ　そう？　ありがとう。
マーロウ　（ニンニに）ぬるめのにしてください、急いで飲むんですから。
ニンニ　はい。
オーネジー　はい。（ニンニに）テオのだけうんと苦《にが》くしよ。

ニンニ　そうね。

テオ　……。

オーネジーとニンニ、笑いながら去った。

短い間。

テオ　……（オーネジーが去りきったことを確認してからマーロウに）ちょっと……。

マーロウ　なんですか……？

テオ　真面目《まじめ》なお話いいですか。

マーロウ　はあ。私《わたくし》たちはさっきからずっと真面目ですけど。

テオ　（なぜかノイに相手を変えて）今日、托鉢に行かれるんですよね……。

ノイ　ええ、お祈りのあとで。それがどうかしたんですか？

テオ　やめた方がいいと思います、村に出るのは。

短い間。

テオ　……皆さんここにいた方が……。

ノイ　……どうしてですか？

テオ　おわかりでしょ大体。
ノイ　……。
テオ　ゆうべも野宿だったそうじゃないですか、巡礼宿泊《やど》まらせてもらえずに。
マーロウ　（批判的な視線をダルとソラーニに向ける）……。
ソラーニ　（ので）だって本当のことじゃないですか。
テオ　宗教のことはよくわかりませんけど、今やこの村でも相当風当たりが強いってのは僕でさえ感じるんですよ……バザーも今年は中止にした方が……何されるかわかりませんよ。
ノイ　（動じる様子なく、むしろ静かに）御忠告は感謝します。ただこれは私たちの問題ですから。
テオ　（あまりの一刀両断ぶりに一瞬絶句してから）ですけど、状況は充分わかっております。
ノイ　状況は充分わかっております。
ソラーニ　（強く）だったら従ったらどうなんですか!?
ダル　（制して）ソラーニ。
ソラーニ　なによ!?　……なに!?　名前を呼んだだけ？（ノイに）この方だって、テオだってこうやって私たちと接触してるって、それだけでよくは思われないんですよ!?　それなのに……。私、今感動してる！

テオ　いや、そのヘンはうまく、コソコソやりますから。それより――

ソラーニ　（遮って）戦争で――戦地で仲間がみんな亡くなったんですって。テオが逃げようって忠告したのに逃げなかったからよ。それで思ったんですって、神様なんていないって。

マーロウ・ノイ　……。

テオ　（バツ悪く、苦笑して）そういうふうに要約されちゃうと、まるで卑怯者《ひきょうもの》が勝手な持論を振りかざしてるみたいですけど……。

マーロウ　（苦笑して、やんわりと）そうですね……。

ソラーニ　（強く、テオに）そんなことないわ。勇敢よ！　後先《あとさき》返り見ずに逃げたんですもの！

テオ　（さらにバツ悪く）……。

ソラーニ　（ダルに）でしょママ？

ダル　恐ろしいわね、戦争っていうのは。

ソラーニ　（その的外《まとはず》れな返答に）え？

テオ　（何か言わねばと）いや、僕がどうしたかはともかく、こちらのお二人が問題視されるとすればきっと、

ソラーニ　神様がいないってことでしょ。

マーロウ　（きつく）ソラーニ、あなたは今自分がどんなに罰あたりなことを言って

ソラーニ　いるのか（わかってるのですか）。

私じゃないわ、テオが思ったのよ！　おわかりになりませんでしたか、聞いてて。

テオ　……まいったな……。正直言って、

ソラーニ　言っちゃって。

テオ　……まさに敵の陣地に一人で攻め込んだ心境ですけど……いや、もちろんあなた方が敵だって言うんじゃなくて、

ソラーニ　いいですよ、この際言っちゃいましょう。

テオ　（苦笑して）ちょっとうるさいな君は……（と腕を掻く）。

ソラーニ　（周囲に、テオのことを）遠慮なさってるのよ、優しいから。

テオ、腕を掻き続けている。

ノイ　痒いんですか……？

テオ　ええ、戦地で妙な虫に……。

ノイ　ああ。

テオ　たまにものすごく痒くなるんです……。

ノイ　（立ち上がって）お薬あったでしょ、院長様。

マーロウ　（も立ち上がり）あ、はい。えーと（とキョロキョロして）そうそう、たしか
　　　去年この棚に薬箱を。

マーロウ、棚を開けようとする。

テオ　いえ、いいんです。ありがとうございます。痒み取りの軟膏《なんこう》じゃ駄目
　　　みたいで。
マーロウ　そうなんですか……（と戻る）
テオ　ありがとうございます……なんか、感動してるな……。
ノイ　はい？
テオ　いえ……。

短い間。
風の音。

テオ　ゴロゴロ転がってる仲間の死体を見た時には、ええ、正直思いました。
　　　「神様なんかいない」って……（目のあたりを指し）ここからこっちが
　　　無かったりするんですよ、地雷踏んでふっとんじゃって……手足や首

と一緒に、なんか、どこの臓器かもわからない内臓があっちこっちに散らばってて……。俺たちみんな、別に志願して出兵したわけじゃないし、国王の命令で強制的に行かされたんですからね、たいした愛着もない隣国への援護に……なのになんでこんな無残な死に方をしなくちゃならないのかなぁって……もし本当に神様がいるんなら……

ノイ　（口ごもる）

テオ　そのような不幸が起こるはずがないと思ったんですね……。

ノイ　ええ……思いませんでしたか？

テオ　はい……？

ノイ　仲間の修道女を四十何人もあんなふうに殺されて……。

テオ　……。

思わないから今も修道服着てるんですよね……逆に、どうすれば思わずにいられるんですかね？

ソラーニ　（批難めいた口調で）神様がいなければもっとずっとひどいことになってたっていうのが院長様たちの考え方なんですよね？

テオ　なるほど。神がいるから世の中この程度で済んでいるのか。

ソラーニ　（マーロウに）ですよね？　神様がいなかったら皆殺しにされてたところを――

テオ　四人も生き残れたんですものね。それを言ったら僕だってそうだ……神様にしてみりゃ「生かしてもらっといてなに俺がいないなんて抜かしてるんだ」って話ですよね。（徐々に昂奮《こうふん》した口調で）ただ待ってくださいよ……!?

ソラーニ　死んだ人たちのことはどう考えてるんでしょう、神は……!?

テオ　そうよ、そこ！

ノイ　いたしかたないと!?　それ言い出しちゃったらキリがないと!?

ソラーニ　またいつかゆっくりお話しましょう……。

マーロウ　逃げるんですか。

テオ　逃げるんじゃありません。時間がないんです。

そうですよね、時間かかりますよこの話は。神様がいるかいないかなんて大問題、それこそこれまで人類が何百年も何千年もかけて未《いま》だ結論が出せてないんですから……。そうですね、またいつかゆっくり……。

ノイ　私たちの結論は出ています……。

テオ　……ええ、それはわかってるんです、はい……すみません高ぶってしまって……だけどどうもうまく言えないな、言いたいことが……北へ行こうとしてるのに南へ行ってしまってる感じです……。

誰も何も言わない。

短い間。

マーロウ　遅いですね、お茶。

ソラーニ　（ノイに）行くんですか、托鉢に。

テオ　そうだ、そのことでした問題は。

ノイ　（ソラーニに）院長様にお聞きなさい。

ソラーニ　（マーロウに）……行くんですか？

ノイ　行きますよね。

マーロウ　（ソラーニに）行きますよ。

ソラーニ　殺されますよ……？

テオ　いやいや、さすがに殺されはしないだろうだろうけど……（少し言いにくそうに）きっと村の人達もみんな、怯《おび》えてるだけなんですよ……たとえ信心深い人でも、あなた方に接触すると国からどんな仕打ちをされるかわからないから……。村は騒然としたそうですよ。あの事件の翌日、町から来た新聞を読んで……聖・船出祭で四十三人の修道女が……

ノイ・マーロウ　……。

テオ　ぶどう酒に毒が盛られていたんですよね……国王が耳打ちした以外考えられませんからね……みんなそこはちゃんとわかってるんですよ、あなた

ノイ　たちには何も否がないって。すべてはこの宗教を疎《うと》ましく思ってる新しい国王が
ノイ　もう結構です。

話の途中でアニドーラが戻ってきて佇《たたず》んでいた。

テオ　（もアニドーラに気づいて）……。
アニドーラ　破片は水瓶に納めておきました……。
ノイ　そうですか……。
ソラーニ　助かった四人は魔女なんだって言ってる人もいるわ。魔女だから毒を飲んでも死ななかったんだって。
ダル　（これまでになく強く）ソラーニいい加減になさい！　皆さん生死をさまよったあげくに、ようやくの思いで生還されたんですよ！　神様に選ばれた方々なんです！
ノイ　いろいろな人がいろいろなことを言います……。他人《ひと》が施《ほどこ》すパンは硬いものです。
テオ　ん、パン？
マーロウ　譬《たと》えです。

テオ　　譬えか。なるほど。そっかそっか。
ソラーニ　　あたし行かない。テオとここにいる。
マーロウ　　あなたはまた……。この方はお帰りになるんです。
ダル　　（ソラーニに）行くんです！　（マーロウに）行かせますから。
ノイ　　行きたくないのなら行かなくていいわ。
マーロウ　　シスター・ノイ。
ダル　　いいえ行かせます。行くのよ！
ソラーニ　　行かないってば！　（ダルを指さして）頭がおかしいのよこの人！
テオ　　そんな、お母様のことを……
マーロウ　　親子喧嘩《げんか》はよしなさい神様の前で！
ダル　　……申し訳ありません、悔い改めます。
ソラーニ　　（かぶせて）悔い改めます悔い改めますって、言えばいいと思ってるでしょ!?
ダル　　思ってません！
ソラーニ　　思ってるわよ。叱《しか》られてたくて宗教渡り歩いてるんじゃないの!?
ダル　　なんてことを……!?
ソラーニ　　つきあわされてる私はいい迷惑なのよ！　どの神様もこれっぽっちだって信じてないんだから私は！

ノイ　（静かに）院長様、聖典を祭壇から持って来ていただけますか……。
マーロウ　はい……？
ノイ　聖典です。
マーロウ　はい……。

マーロウ、持って来てノイに渡す。

ノイ　（静かな口調のまま）この聖典を暖炉に焚《く》べなさい。（と差し出す）
ソラーニ含む一同　……。
ノイ　神を信じていないならそのぐらいなんでもないことですよね。さあ。（と持たせて）焚べなさい。
ソラーニ　……。
ノイ　早く。どうしたのですか。早く焚べるのです。
ソラーニ　……。
ノイ　何をしてるんです、早く、あ！

図らずも、ノイが聖典を暖炉に放り込んだかたちになってしまった。思わず声をあげてしまう人もいる。

ノイ　……。

皆　……。

ノイ　（祭壇に行き、手を合わせて）ダズネ様！　お許しください！　どうか……！

マーロウ　（何か言葉をかけねばと）シスター・ノイ、聖典はまだ部屋に何冊も——

ノイ　そういうことではありません！

マーロウ　もちろんそういうことではないのですが……。

アニドーラ　（マーロウに）そろそろお祈りに行く時間です。

マーロウ　そうですね。そうなんですけど……。

アニドーラ　あ、托鉢には聖油とパンも持って行きますか？

マーロウ　そうですね……。

テオ　パン？　譬えですか？

マーロウ　譬えではありません。パンです。

テオ　パンか。なるほど。

ソラーニ、もはや完全に戦意を失い、部屋へと戻って行こうと——

ダル　ソラーニ……。

ソラーニ　（部屋の隅で）あたし行かないから。お祈りにも出ない。テオ。
テオ　なに……？
ソラーニ　あたしの部屋に来て。お話しましょ。
テオ　（周囲を見る）
ソラーニ　来て。
マーロウ　……男の方と二人きりになるなんて。
ノイ　（見ぬまま）好きにさせなさい。
ソラーニ　ですって。とうとう見捨てられたわ……。
テオ　……じゃあちょっとだけ。
マーロウ　（絶句していたが、さすがにそれはと）そうは参りません……！
テオ　（ソラーニには聞こえぬように）僕なら大丈夫ですから。
マーロウ　（同じく小声で）大丈夫ってなんですか!?　大丈夫とかだいじょばないとかではないのです。
ダル　私《わたくし》も一緒に参ります。
テオ　（小声で）いやお母様は今は。
ソラーニ　来ないで。今ママといたらあたし、殺してしまうかもしれない……。
ダル　……！
テオ　お母様。

ダル　シスター・ダルです。

テオ　（ダルの両肩に手をやり、目を見つめて）シスター・ダル、大丈夫ですから……。

ダル　（テオを見つめて）……。

テオ　それから……オーネジーは可哀想なんかじゃありません。

ダル　え……。

テオ　……。

ダル　ごめんなさい私、そんなつもりで（言ったんじゃ）。

テオ　（突然腕を掻いて）ああ……！（驚くダルに）ごめんなさい、痒くて……。大丈夫ですから。（ソラーニに）行こう。

ソラーニとテオ、個室へと続く廊下を去ってゆく。
ややあって、テオが一人だけ戻ってくる。

テオ　オーネジーが戻って来たら、僕は手洗いに行ったと。

ノイ　（見ぬまま）わかりました。

テオ　お願いします。

テオ、再び去った。

短い間。

マーロウ　シスター・ノイ、私《わたくし》には理解できません……。

ノイ　シスター・ソラーニの心は、あれです……

マーロウ　？

ノイ　（考えていたが、言葉を見つけ）流れる水です……行き先もわからず下へ下へと落ちてゆく……今私たちがせき止めようとしたところで……（再び言葉が見つからず）あれです。

マーロウ　……あれというのは？

ノイ　無理です。

アニドーラ　そうですね。しかしいつしかその水は、神の身許《みもと》へと注がれることでしょう。

ノイ　その通りです。

ダル　注がれますか？

ノイ・アニドーラ　注がれます。

マーロウ　注がれるのかもしれませんが、まだだいぶ先のことなのでは？　規律を守らせずに流れる水を流しっぱなしにするというのは……。

ノイ　二人に修練期間も設けることなく修道服を着せたのは院長様ですよ。

マーロウ　ですがそれはシスター・ノイが「この際そんなものはいいんじゃないか」と。

ノイ　決めたのは院長様です。

マーロウ　はあ……。

ノイ　……（ハタと）そんなものとは言ってません。

マーロウ　ええ言い方はあれですが、あの時私《わたくし》は

ノイ　（遮って）このぐらいにしてください。わかりませんか。今私《わたくし》、聖典を燃やしてしまったことで激しく動揺しているのです！

マーロウ　わかりました……。

アニドーラ　（ノイに）お祈りに行く時間です。

ノイ　準備しましょう……。

残りの三人　はい……。

四人が各々《おのおの》準備に行こうとした時、オーネジーとニンニがお茶を持って戻って来る。

ニンニ　お茶が入りました。

マーロウ　（踵《きびす》を返して）何をしていたんですか、もうお祈りに行く時間です。飲んでる時間はありませんよ。

ニンニ　申し訳ありません。結局オーネジーがすべて淹れてくれたんですけど、テオのお茶が……。
マーロウ　はい？
オーネジー　テオは？
ダル　（テオが去った方を指し）今、
マーロウ　御不浄です。（と別の方向を指す）
オーネジー　……。
マーロウ　テオのお茶がどうしたのですか？
ニンニ　テオのお茶だけ苦くしようとしていたのですが、どうしてもオーネジーが淹れると甘くなってしまうみたいで……。（オーネジーに）でしょ？
オーネジー　（うなずく）
マーロウ　……ん、どういうことですか？
ニンニ　むしろ甘くなってしまうらしいんです、苦くしようとすればするほど……。
マーロウ　……あるんですかそんなこと。
ニンニ　そう言うんですオーネジーが。この赤いティーカップ。
マーロウ　（飲んでみようと）
オーネジー　駄目よ、テオに淹れたお茶だもの。

ニンニ　そうか。そうよね。
アニドーラ　親しみがお茶を甘くするという話を聞いたことがあります……。
ニンニ　親しみが……？
ノイ　ありますね。親しみがお茶に作用して甘みを増すというあれですよ。
マーロウ　あれがどれなのか私にはよくわかりませんが、捨ててください。せっかく淹れてもらいましたけど時間がないのです。
オーネジー　え……。
ダル　捨ててしまうのですか!?　せっかく淹れてくださったのに。
マーロウ　時間は守らねばなりません。（全員の否定的な視線を感じ）……せっかくですからいただきますか、グイっと。

皆、ティーカップを手にする。
ニンニ、しれっと赤いカップをとる。

オーネジー　（ニンニに）それはテオのよ。
ニンニ　そうだったわね……ではこちらを。（と別のカップを）
マーロウ　神の祝福を。
皆　神の祝福を。

皆、グイッと飲む。
ものすごく苦い。オーネジーとニンニだけ平然としている。

ニンニ　どうされたんですか……!?
マーロウ　苦いんですよ!
オーネジー　(皆の狼狽《うろた》えっぷりに) 死ぬの!?
ニンニ　死なないわよ。苦いだけ。
マーロウ　(ニンニとオーネジーに) あなたたち苦くないのですか?
ニンニ　いいえちっとも。甘くておいしいわ。
オーネジー　(皆に) ごめんなさい……。
ニンニ　いいのよ。
マーロウ　いいですそれは。ですけどどうしてあなた方のお茶だけ。
ダル　親しみですね。
アニドーラ・ノイ　親しみです。
マーロウ　ですけどですけど、この二人今、皆さんが無造作に選んだ、残りのカップを取ったんですよ……!?
ノイ　だからなんですか。

マーロウ　不思議じゃありませんか？
ノイ　（そんなことより）お水。
マーロウ　そうですね。お水。
ノイ、マーロウ、アニドーラ、ダル、水場《みずば》があるらしい方へと走り去った。
短い間。風の音。

ニンニ　（まだ気にしてるふうのオーネジーに）平気よ、うんと苦かっただけのことだもの。
オーネジー　うん……ごめんなさい。
ニンニ　いいんだってば気にしなくて。きっとみんなの口の方も元々苦かったのよ。
オーネジー　（納得したのか、その態度が嬉しいのか）そうか……。
ニンニ　そうよ……（微笑んで）あたしのお茶は甘いわ……と～っても……。
オーネジー　（笑う）
ニンニ　ねえ……。
オーネジー　なに？
ニンニ　ほんのちょっとだけ飲んでみては駄目？　テオのお茶。
オーネジー　駄目よ……。

ニンニ　そう……。

オーネジー　……。

ニンニ　……なに？

オーネジー　ニンニ、気になるのね。どっちのお茶の方が甘いか。

ニンニ　……そうよ……その通り。

オーネジー、座っているニンニに、背後から、愛《いと》おしむように抱きつく。

オーネジー　ニンニのお茶よ……。

ニンニ　そうね……。

ダルが戻って来た。二人、慌てて身体を離す。

ダル　シスター・ニンニ。

ニンニ　はい。

ダル　院長様がお祈りに行く準備をと。

ニンニ　はい……（オーネジーに）行ってくるわね……。

オーネジー　あたしも一緒に行ってお祈りしていいの？

ニンニ　……そぅね……すみっこの方で、目立たないようにしてればきっと、院長様も許してくださるわ。
オーネジー　はい。
ニンニ　（行こぅとする）
オーネジー　ニンニ。
ニンニ　なぁに？
オーネジー　あたし決めたの……あたし修道女になるの……。
ニンニ　（心境、複雑で）そう……
オーネジー　嬉しくないの……？
ニンニ　（微笑んで）あとで聞くわね、ゆっくり。
オーネジー　うん……。

ニンニ、去った。

ダル　（離れた位置からオーネジーに）……さっきはごめんなさいね……可哀想だなんて言って……。
オーネジー　……。
ダル　怒られてしまったわ、あなたのお友達に。（と言いながらついテオが去った

オーネジー　方向を指し）あ、御不浄はあっちね。（と指し直す）
……。
ダル　素敵な方ね……私もお茶を淹れてあげたくなってしまった……甘いお茶を
……なぁんて。
オーネジー　……おば様、去年はいなかったわ……。
ダル　ええ……シスター・ダルです。二か月前に誓願を立てたばかりなの……
わかる？　誓願。
オーネジー　（首を振る）
ダル　そうよね……。やめた方がいいわあなたは……。
オーネジー　……。

オーネジー、赤いティーカップを手にする。

ダル　え……？

オーネジー、去った。

ダル　……。

ダル、ふと祭壇に目をやると、そちらへ向かう。

ダル　（やや早口で）主ダズネ様、聖女アナコラーダ様。我々母子《おやこ》の数々の無礼をお許しください。ことに娘の言動にはさぞかしお怒りのことかと思いますが、どうかお許しをいただき、神様の力で正しい道へとお導き下さい。娘は、シスター・ソラーニは、少しばかり口は悪いですが、心根《こころね》はとても優しい娘です。どうかその辺りのことを見抜いていただきまして、お救いくださいませ。（錨を切って）ヘンテラカーナ。

祈りの最中にテオが戻って来ていた。

ダル　あ……。

テオ　なんとかなだめました……とりあえずは気が済んだみたいです。

ダル　そうですか……。

テオ　ええ、とりあえずは……。（ほんの少し、間あって）ヘンテラカーナというのは？

ダル　え……？

テオ　今……

ダル　（「!?」となって）言ってましたかあたし。

テオ　ええ。

ダル　（慌てて祭壇へ）申し訳ありません！　前の宗教のあれを、あれしてしまいました！　お許しください！　悔い改めます！　ギッチョダ。（で、テオに向き直る）

テオ　……随分沢山の宗教に入信なさってたみたいで……お金持ちなんですってね……。ソラーニから（聞きました、の意）。

ダル　お恥ずかしい限りです……。

テオ　いえ、そんな……。（ソラーニの部屋に）行ってあげてください。きっともう大丈夫です。オーネジーは？

ダル　（オーネジーが去った方を指し）あちらに。

テオ　ああ。（ダルが動こうとしないので）墓地に行かれるんですよね、お祈りに。

ダル　ええ……。

テオ　きっとソラーニも行きますよ。お母様の方から声をかけてあげてください。

ダル　シスター・ダルです。

テオ　シスター・ダルの方から。

ダル　ええ……お帰りになるの？

テオ　いえ、もう少し交渉してみます……。正直に言いますけど、心配なんです、オーネジーが。この建物の中がまずいなら、僕だけ薪小屋で寝れば……。

ダル　（確認するように）薪小屋ね、わかりました。

テオ　え？

ダル　いえ……。フフフ……まるで兄妹《きょうだい》みたいね、あなたとあの子……オーネジー？

テオ　早く行ってあげた方が。

ダル　はい。感謝してます。

テオ　いえ僕の方こそ。お二人からはいろいろなお話が聞けた……。

ダル　いえ……いつだったかしら……ちょうどこんな雪の降る日に私

テオ　行ってあげてください。

ダル　ええ……。

ダル、個室へと続く廊下へと去った。

テオ　……。（祭壇に）さっきはなんか、すみません……。もしいらっしゃるなら、もうちょっとなんとかしてくださいい色々と。大雑把であれですけど、恐縮ですけど……。

テオ、溜息《ためいき》とともに階段に座る。

テオ　（腕が痒くて）……。（と祭壇に）痒いんですよ。すごく。なんとかしてもらえませんかいるなら。ああ！（と掻きむしる）

テオ、やがてあまりの痒さに、薬箱を入れてあるという棚を見、そして開ける。と、中からゴロンと転がり出てきたのは、管理当番の男、ドルフ。

テオ　!?（小さく）ドルフさん……!?（周囲を見渡す）

死んでいるのか、まだ息があるのか、判然としない。

テオ　ドルフさん……！　ドルフさん！（反応ない。テオ、祭壇に向って強く）なんですかこれ……!?　こんなものお出しになって、何がお望みなんですか……!?

ドルフ　（不意に目を覚まし、事も無げに）ああ、おはよう……。

テオ　え……。

ドルフ　テオか……
テオ　(あっけにとられながら)テオです……え、寝てたんですかずっとこの中で?
ドルフ　誰が。
テオ　ドルフさん。今この中から出て来たから。俺が薬箱出そうと思って開けたら。
ドルフ　俺が?　薬箱から?
テオ　いやここから。
ドルフ　ああ。どこだここ。
テオ　聖女アナコラーダの山荘です。
ドルフ　聖女アナコ……あ……(と思い出し、突如言葉を加速させて)オーネジーは!?
テオ　え……。
ドルフ　オーネジーだよ。いなかった?　いた?　いなかった?
テオ　オーネジーがどうかしたんですか?
ドルフ　どうもこうもあるかい。今朝俺がここに鎖を掛けにきたら、あの白痴がいてよ――
テオ　鎖?
ドルフ　国王の命令だってさ……詳しいことは知らねえよ。ともかく「巡礼が来ても絶対に入れるな」って言われたんだよ。今日から巡礼にいらっ

テオ　しゃるんだよ、修道女の御一行が。
ドルフ　（しらばっくれて）ああ。そうなんですか。
テオ　そうなんだよ。おまえなんでここにいんの？
ドルフ　（答えず）え、じゃあ帰ってもらうんですか。
テオ　申し訳ないけどそうしていただくしかないだろう。おまえなんでここにいんの？
ドルフ　（答えず）封鎖するんですかこの山荘を。
テオ　そう。おまえなんでここにいんの？
ドルフ　俺もよくわからないんですよ……気がついたらここに……。
テオ　（釈然としないが）ああそう……。
ドルフ　ええ……。
テオ　見なかったかオーネジーの野郎。
ドルフ　いいえ……。とりあえず外《そと》出ますか。
テオ　どうして。
ドルフ　いえなんとなく。出ましょう。
テオ　出ねえよ。
ドルフ　どうして。
テオ　寒いもん。

テオ　寒いですけど……（あきらめて）オーネジーがどうしたんですか。
ドルフ　（ふと自省し）おまえに話したって仕方ねえよ……。
テオ　仕方ないかもしれないけど、俺しかいないじゃないですか。
ドルフ　まあそうだけど……。
テオ　でしょ？　俺だって聞きたくなんかないですよ。話したって仕方ないことを聞いたって仕方ないですから。
ドルフ　（説得されて）そうだな……悪いな。
テオ　仕方ないですよ。え、今朝ドルフさんが来たらオーネジーがいたんですか？
ドルフ　うん。（忌々しげに）俺が祭壇片づけようとしたらなんだかんだわけのわからねえことわめいてよ。あんまりうるせえからひっぱたいたら睨むんだよ俺のこと、すんげぇ目ぇして。
テオ　（表情曇って）ひっぱたいたんですか……？
ドルフ　ああ、睨むから、すんげぇ目ぇして。
テオ　（心なしか口調もキツくなって）ひっぱたいたから睨んだんですよね……。
ドルフ　かな？
テオ　今そう言ったでしょ、ドルフさん。
ドルフ　じゃあそうだよ。あんなふうに俺を睨んだ女はいねえよ、死んだ女房以外。
テオ　どうしたんですかそれで。

ドルフ　なんだよ。怒ってんの？
テオ　怒ってませんよ。それでどうしたんですか。
ドルフ　俺が出てけって言ったらあの白痴女、突然俺に嚙みついてきたんだよ。
テオ　それで。
ドルフ　あそこに頭をしたたか打ちつけたんだ。痛かったのなんのって。

ドルフ、ものすごく高い場所を指す。

テオ　（「!?」となって）どこですか？
ドルフ　あそこ。
テオ　どうやってあんな高いところに。
ドルフ　だから宙に浮かんだんだよ、言ったろ。
テオ　言ってませんよ。
ドルフ　……じゃ抜けたんだよ一個だけ。
テオ　宙に浮かんだって（そんなこと）、
ドルフ　（遮って）浮かんだんだよ宙に。それであの女、気絶した俺を薬箱の中に。
テオ　薬箱じゃありません、棚です。
ドルフ　魔女だぞあの白痴女。間違いねえよ。（突然大声で）オーネジー！

テオ　いませんよ。逃げたんじゃないですか。見ましたから外に出て行ったの。
ドルフ　見たの!?
テオ　見ましたよ。言ったじゃないですか。
ドルフ　言ってねえよ。
テオ　じゃ抜けたんですよ一個だけ。
ドルフ　そうか……抜けがちだな今日はお互い。
テオ　抜けがちです。外、探してみた方が。
ドルフ　うん、ありがとう。（ドルフ、ドアへ向かいながら）あの女を弟に引き渡したらすぐ戻ってくっから。
テオ　引き渡すんですか保安官に。
ドルフ　あたりめえだよ。火あぶりだ。
テオ　火あぶり!?
ドルフ　火あぶりだろ、魔女だぞ。
テオ　魔女じゃありませんよ。
ドルフ　魔女だよ。間違いねえよ。あそこんちのばあさんには気の毒だけどな……仕方ねえよ魔女じゃ……おまえまだここにいんの？
テオ　さあ……。
ドルフ　いてくれよ。もし俺がいねえ間に修道女の皆さんがいらしたら事情話《はな》して

テオ　帰ってもらってくれ。
ドルフ　ですけど
テオ　頼むよ。今度ウチのニワトリ一羽やっから。丁重にな。
ドルフ　（小さく）はい……。

ドルフ、出てゆく。
テオ、ひどく混乱しながらどうするべきか逡巡《しゅんじゅん》する。

テオ　……（祭壇に向かって、一応手を組み）神様、いるなら、どうか見過ごしてください。

テオ、暖炉の前へ行き、傍《かたわ》らに下げられた火かき棒を手にすると、早足にドアへ向かう。
赤いティーカップを手にしたオーネジーが戻って来る。

オーネジー　帰るのテオ。
テオ　いや、ちょっと。すぐ戻るよ。
オーネジー　テオ御不浄にいなかったの。
テオ　うん。すぐ戻るから。

オーネジー　お茶を淹れたのよ。
テオ　うん。
オーネジー　飲まないの？
テオ　飲むよ、置いといて。
オーネジー　(不服で)……。
テオ　……オーネジー。
オーネジー　なによ。
テオ　今度、鉄道乗って隣の町に遊びに行こうか……。
オーネジー　(嬉しく)行く……。
テオ　うん、行こう。
オーネジー　ニンニたちも一緒に!?
テオ　ニンニたちは一緒じゃないよ……。
オーネジー　どうして!?
テオ　どうしてって……。
オーネジー　じゃテオはお留守番してればいいわ。あたしはニンニたちと行ってくるから。
テオ　いいよもう……！
オーネジー　なによ！　……せっかくお茶淹れたのに。テオのバカ！

テオ　ああバカだよ俺は！

オーネジー　テオ！

テオ、火かき棒を握りしめて飛び出してゆく。

オーネジー　バカ……！

オーネジー、開いている棚に気づく。

オーネジー　!?

オーネジー、潜り込むようにして棚の中を覗き込む。

オーネジー　……。

風が大きく吹く。

雪の中、意識を失ったドルフ（額から血を流している）をひきずって来るテオが見える。

オーネジー　（窓から外を見る）!?
テオ　……。
オーネジー　（外にいるドルフと、棚の中を交互に見て）!?　（窓の外に）テオ！
テオ　（気づいて、大声を出すなと口にひとさし指をあてる）
オーネジー　なんで持ってっちゃうの!?
テオ　（シーッとやる）
オーネジー　なんで持ってっちゃうのよ！
テオ　（仕方なく、窓を少し開けて小声で）大声出すな！
オーネジー　ドルフさんよ！
テオ　ドルフさんだよ……。
オーネジー　あたしが殺したのよ!?
テオ　君は殺してない。俺が殺したんだよ。言うなよ誰にも！
オーネジー　（気圧《けお》されて仕方なしにうなずく）
テオ　絶対だぞ。ニンニにもだぞ。
オーネジー　……。
テオ　スコップないかな……。
オーネジー　あたしが殺したのよ。
テオ　オーネジー……。

オーネジー　なに!?

テオ　……お茶が飲みたいな……。

オーネジー　……（内心嬉しく）いいわよ……。

オーネジー、テオに赤いティーカップを渡す。

もう一度強い風が吹く。

テオ、飲む。

テオ　（にとっては意外で）甘い……。

一瞬にして明かり、消える。

2　到着の日の深夜

雪はさらに激しさを増している。

風の音。

暗い部屋。なぜか暖炉には火が燃えている。

ダルらしき女（寝巻姿に外套を羽織り、ランタンを持っている）が、頬を押さえて嗚咽《おえつ》しながらドアから現われ、奥の廊下へと去る。

ほどなく、オーネジーを捜している様子のニンニ（やはり寝巻姿）が、燭台《しょくだい》を手にして個室へと続く廊下からやってくる。

ニンニ　（小さく）オーネジー……オーネジー……。（暖炉の火に気づいて）……（少しだけ声を大きくし）オーネジー……!?

返事はない。ニンニ、奥の廊下へ行こうとして、そこにオーネジーの姿を発見したようで――。

ニンニ　何してたの……？　お部屋覗いたらいないから……出て行っちゃったんじゃないかと思って心配したわ……。

修道服を身に纏《まと》ったオーネジーが姿を現わす。

オーネジー　……。

オーネジー、ニンニを避けるようにして部屋の別の場所へ向かう。

ニンニ　オーネジー。

オーネジー　（立ち止まって）……。

ニンニ　誰の修道服？　ソラーニね。

オーネジー　（見ずに）あったの。

ニンニ　駄目よ勝手に。
オーネジー　あったんだもの。
ニンニ　そりゃあるわ、脱いだんだもの。
オーネジー　ドアの前にあったの。廊下。
ニンニ　ソラーニのお部屋の？（答えはなく）お脱ぎなさい。
オーネジー　（やはり答えない）
ニンニ　オーネジー。誰かに見つかったら大変よ。
オーネジー　（こわごわと）似合う？
ニンニ　え？
オーネジー　似合う？　ヘン？
ニンニ　ヘンよ。
オーネジー　！
ニンニ　（オーネジーに近づいて）眉毛《まゆげ》は出していいのよ。ベールは後ろに倒して。
（と直してやる）
オーネジー　……。
ニンニ　（優しく）はい、これでいいわ……。
オーネジー　ありがとう……。素敵？
ニンニ　……素敵よ。はいじゃ脱いで。

オーネジー　もう少しだけ。すぐに脱ぐから。あと五時間だけ。
ニンニ　長いわ五時間は。五分。
オーネジー　五分か……。
ニンニ　五分よ。修道女様。（オーネジーを修道女に見たてて）修道女様、思い悩むことがあり、夜も眠れません。どうかお助けください。
オーネジー　（とても嬉しく）……。
ニンニ　修道女様ですよね。よくミサでお見かけします。
オーネジー　はい……。
ニンニ　思い悩むことがあるのです。
オーネジー　打ち明けてごらんなさい。
ニンニ　はい。どうしてもお裁縫《さいほう》が上手《じょうず》にならないのです。
オーネジー　（神妙に）それは大変ですねぇ。悔い改めなさい。
ニンニ　（釈然としないが）はい。悔い改めます。
オーネジー　シスター・ニンニを見習ってはどうでしょう。すごくヘタクソでも頑張ってお裁縫をしてます。
ニンニ　存じ上げております。シスター・ニンニは雑巾《ぞうきん》を二日で四十枚も縫われたことがあるそうです。たいした方ですね。
オーネジー　そうですか。（別の方向に向って）シスター・ニンニ、悔い改めなさい。

ニンニ　（そちらへ移動して）悔い改めます。シスター・オーネジー。

オーネジー　ギッチョダ。

ニンニ　ギッチョダ。

二人、笑う。

オーネジー　（ハタと祭壇を気にしてニンニに）神様、怒ってないよね？

ニンニ　怒ってないわよ……。

オーネジー　（祭壇に向って）主、ダズネ様。我らが他人《ひと》に赦《ゆる》すごとく、我らの罪を赦したまえ。御名《みな》が崇《あが》められ、御国《みくに》の来たらんことを。御心《みこころ》が地にも行なわれんことを。今日も我らに日ごとの糧を与えたまえ。我らを試みにひきたまわざれ、我らを悪より救いたまえ。怠《おこた》りと悶《もだ》えと無駄事《むだごと》のこころを我らに与うるなかれ。

ニンニ　（ほとんど感動していて）よく覚えたわね……。

オーネジー　（歯にかむように）意味はちっともわからないの……。

ニンニ　いいのよ。意味なんて後からついてくるわ。

オーネジー　……ニンニ。

ニンニ　なぁに？

オーネジー　（ニンニに体を預《あず》けるようにして）あたし、ニンニみたいになりたいの……神様にお仕《つか》えしたいの……。

ニンニ　さっき話したでしょ。そう簡単なことじゃないの。修道服着れば修道女になれるってわけじゃないのよ。

オーネジー　あのコがなれるならあたしだってなれるの！

ニンニ　ソラーニ？

オーネジー　ソラーニよ……！

ニンニ　そうね……そう考えるのもわかるけど……院長様には院長様のお考えがあるのよ。

オーネジー　ヘンよそんなお考え。（切実に）ニンニはあたしと一緒にいたくないの？あたし嫌よ、また一年も会えないなんて！　あたしが修道女になれば毎日一緒にいられるのよ、ニンニとオーネジーは……！

ニンニ　お婆様はどうするの……？

オーネジー　……。

ニンニ　お婆様だけじゃないわ。私たちのところに来る為には沢山のこととお別れしなくちゃならないのよ。いいの？　よくないでしょ？

オーネジー　いい。

ニンニ　オーネジー……。きっともうわかってると思うけど……今世の中には、

オーネジー　私たちのことをよく思ってない人が多勢いるの……。
ニンニ　殺してしまえばいいわ……。
オーネジー　駄目よ。そんなことを言っては駄目。なにを言い出すのそんな格好で。
ニンニ　……でもハーシーもマーゴも殺されたんでしょ？
オーネジー　……だからって、そんな考えは駄目。（ボソリと）修道女になりたい人が殺してしまえだなんて……。
ニンニ　（小さく）ごめんなさい……。
オーネジー　きっと、時間が経てば周りの人の考えも変わるわよ。その時また一緒に考えましょ……。
ニンニ　時間？
オーネジー　時間が経てば。
ニンニ　何時間経てば？
オーネジー　わからないわそれは……さ、それ脱ぎなさい。時間が経っちゃいました。
ニンニ　どうしてあたしの時間ばっかり経つのかしら……。
オーネジー　あたしもお部屋でお祈りの時間だわ……いい？　脱ぐのよ。約束よ。
ニンニ　（小さく）はい……。
オーネジー　きっと神様が導いてくださいます……あんなに上手にお祈りできるんだもの。

オーネジー　うん……。
ニンニ　おやすみなさい……。
オーネジー　おやすみなさい……。
ニンニ　神の御加護を。
オーネジー　神の御加護を。

ニンニ、燭台を手に部屋の方へと去る。

オーネジー、脱がねばならぬ修道服を愛でるように、上から下へと、両手をすべらせる。

風の音。

雪が降りしきる外のエリアに、上着を着たテオが現われる。

窓を覗き込み、オーネジーの存在に気づくと、窓の桟《さん》を叩く。

オーネジー　（気づいて近づき、窓を開ける）
テオ　なんだよその格好。
オーネジー　テオは薪小屋で寝てなきゃ駄目よ。
テオ　眠れないんだよ、寒いし腕は痒いし、嫌な夢みるし……あのダルって
おばさんが何度もやって来るし。
オーネジー　シスター・ダル？

テオ　ついひっぱたいちゃったよ、あんまりしつこいから……。なんでそんなもん着てるの？

オーネジー　駄目よ寝てなきゃ。

テオ　嫌な夢だったよ……（雪の降り積もった地面の、ある一帯を指して）ドルフさんが生き返って、ここから這《は》い出てくるんだ。

オーネジー　生き返ったの⁉

テオ　夢でね。

オーネジー　夢でだって嫌よ……！

テオ　俺だって嫌だったよ……。

オーネジー　……。

テオ　なぁ、ちょっとだけ出ておいでよ。

オーネジー　え？

テオ　ちょっとだけ。話をしよう。

オーネジー　どうして？

テオ　したいからだよ。薪小屋で。

オーネジー　あたしこれ脱がないと。

テオ　薪小屋で脱げばいいじゃない……。

オーネジー　……。

テオ　どこで脱いだって同じだろ……？
オーネジー　……。
テオ　早く。

オーネジーが窓のすき間から出ようとするので

テオ　無理だよここからは。外回《そとまわ》って。ここで待ってるから。

オーネジー、ドアから外へ出てゆく。
テオ、ドルフを埋めたというあたりを見、雪の積もった地面の固さを確認するように足で触る。
また例の痒みに襲われ、呻《うめ》き声を上げて腕を掻く。さらにまた別の痛み。

テオ　……。

テオ、雪の降る中、上着を脱ぎ捨てる。シャツの上から腕をさするが、痛みは軽減されない。テオ、シャツの右袖を肩から引きちぎる。テオの腕には、植物の芽のようなものが生えていた。

テオ　!?

テオ、動揺しながら、腕に生えた芽を引っ張る。

テオ　（激痛で、とても抜けない）

オーネジーが来る。テオ、反射的に腕を隠す。

オーネジー　（テオが薄着なので）暑いの？
テオ　寒いよ。
オーネジー　じゃあなぜ脱ぐのよ。
テオ　そうだよな……君がそれ脱ぐって言ったから、つい。
オーネジー　バカねぇテオは。着なさいよ。
テオ　うん着る。ちょっとあっち向いてて。
オーネジー　どうしてよ。
テオ　恥ずかしいから。
オーネジー　バカねぇテオは。（と向いてやる）

テオ　ごめん（改めて腕から生えた芽に目をやり）……。

オーネジー　テオ。

テオ　なに？（と着始めようとする）

オーネジー　ギロームさんとジョナスさんも埋めちゃいましょ。

テオ　え。

オーネジー　ギロームさんとジョナスさんよ。

テオ　どうして!?

オーネジー　ヘンなんだもの。ドルフさんと同じ。着た？

テオ　まだ。もうちょっと。（着ながら）え、ヘンてどういうふうに。

オーネジー　あのね、今、世の中にはニンニたちのことをよく思ってない人が沢山いるのよ……。

テオ　（胸中複雑で）うん……。ギロームさんとジョナスさんもそうだってこと？

オーネジー　でもきっと、何時間か経てば人の考えは変わるの。

テオ　ああ……だったら埋めなくたっていいじゃない。

オーネジー　だって何時間かかるかわからないんだもの。きっとその間にあたしの時間ばっかり経っちゃうんだわ……。

テオ　（よくわからず）へえ……。

オーネジー　着た？

テオ　着たよ。
オーネジー　（振り返らぬまま）じゃ埋めちゃいましょ。
テオ　そんな、何人も殺せるかよ。
オーネジー　殺さずに埋めちゃえばいいんだわ。
テオ　結局死ぬよ……。こっち見ろよ、もう着たんだから。
オーネジー　（見ずに何かを考えている）……。
テオ　（話を変えて）あの人たち托鉢に行っても、村の人間みんな家に閉じこもって誰一人出てこなかったんだってさ……シスター・ダルが言ってた。ホッとしたよ……（ドルフを埋めたあたりに目をやりながら）ドルフさんの弟保安官だからな……だけど遅かれ早かれ、きっと明日には――薪小屋で話そう。
オーネジー　（振り向いて）テオ。
テオ　なんだよ。
オーネジー　（少し寂しそうに）あたしテオとお別れしなくちゃならないの。
テオ　えっ……!?
オーネジー　テオだけじゃない。沢山のこととお別れしなくちゃならないのよ。
テオ　なに、死ぬつもり!?
オーネジー　死なないわ。死ぬのはギロームさんとジョナスさんでしょ。

テオ　（かぶせて）じゃあどうして！
オーネジー　……。
テオ　まさか君、修道女になろうなんて本気で考えてるの!?　無理だよ君なんかに。やめろ。
オーネジー　……。
テオ　シスター・ダルから聞いたんだよ、なんか君がそんなようなこと言ってたって……。寒いよ。薪小屋で話そう。
オーネジー　無理じゃない！　何時間か経てば――
テオ　（遮って）そんな簡単なものじゃないんだよ！
オーネジー　修道服着れば修道女になれるわけじゃないのよ！
テオ　（面喰らって）そうだよ……。わかってんならやめろよ。
オーネジー　（睨みつけるようにして）……。
テオ　（半ベソで）そんな目しないでくれよ！　俺なんの為にこれ……（人殺しましたの!?　の意で、ドルフを埋めた場所を指す）。
オーネジー　（行こうとする）
テオ　（のを制して）オーネジー！
オーネジー　離してよ！　指紋がつくのよ!?
テオ　いいじゃないか指紋ぐらい！

オーネジー　離して！
テオ　（体ごと振り向かせて抱きしめ）オーネジー！
オーネジー　……。
テオ　どこか遠くへ行って一緒に暮らそう……。それがいいよ。それが一番いい。後々《のちのち》君のお婆ちゃんを呼んでもいいよ。そうしよう。な。今すぐここを出よう。
オーネジー　嫌！　（と離れて走り去る）
テオ　オーネジー……！
オーネジー　（戻って来て）バカ！

オーネジー、去った。

テオ　……。

テオ、やり切れぬ思いで薪小屋の方へと去ってゆく。
部屋の方から、燭台を手にしたアニドーラが来る。

アニドーラ　……。

アニドーラ、暖炉の上の、グリシダの遺品が入った木箱を手にすると、それをテーブルの上に置いて、蓋を開け、中からネックレスを取り出し、少し見つめてから首に掛ける。
窓に近づき、窓ガラスに自分の姿を映す。

アニドーラ　（恍惚《こうこつ》とも言える表情で）……。

と、女（グリシダ）の声。

グリシダの声　（小さく）返して……
アニドーラ　!?
グリシダの声　返してちょうだい……。
アニドーラ　グリシダ……!?

壁に映っていたアニドーラの影がグリシダの影に変化する。

グリシダの声　あたしのネックレスよ……！
アニドーラ　グリシダなの……!?

グリシダの声　アニドーラ。
アニドーラ　アニドーラよ……！
グリシダの声　なぜ？　なぜあなたは生きてるの……？
アニドーラ　え……。
グリシダの声　なぜあなただけ生きてるのよ……。
アニドーラ　あたしだけじゃないわ……ニンニだって、ノイや院長様だって。
グリシダの声　アニドーラ。
アニドーラ　そういうことじゃないわね。ええ。あなたと私のうち私だけって、そういう意味でしょ？
グリシダの声　どうして！
アニドーラ　わからない！　どうして神様が私だけお救いになったのか。神様に聞いてちょうだい。近くにいらっしゃらないの？
グリシダの声　いないわ！　ここはただ真っ暗なだけ……！
アニドーラ　……。
グリシダの声　ただの暗闇よ……（悲痛に）毎日あんなにお祈りしたのに、なんにも報われなかった……！
ドアを開けてオーネジーが入室してくる。アニドーラは気づかない。

アニドーラ　魂の列車には……？　乗ったんでしょ？

グリシダの声　魂の列車？　来なかったわそんなもの……気がついたら真っ暗……ただそう、あたしたちの葬儀をしてるのがぼんやりと見えた……箱に入ったチョコレートみたいにいくつもの棺《ひつぎ》が並んでて……あたしの棺を覗き込んであなた、笑っていたわ……。

アニドーラ　笑ってなんかない！　……笑うわけがないでしょ！

グリシダの声　あなたは夢の中で、あたしの首を切り落としたわね。あたしの葬儀の夢よ。

アニドーラ　……あれは

グリシダの声　シスターたちには母親の夢だと言った。

アニドーラ　……ごめんなさい。

オーネジー　誰と話してるの……？

アニドーラ　（気づいて）あ……。

グリシダの影がオーネジーに吸い込まれるようにして消える。

オーネジー、短く痙攣《けいれん》して倒れる。

アニドーラ　オーネジー……!?

アニドーラ、泣きそうになりながら祭壇に向かって祈る。

オーネジー　（グリシダの人格でゆっくりと起き上がりながら）アニドーラ……

アニドーラ、オーネジーが目を覚ましたものと思い、近づいていく。

オーネジー　憶えてる？　見世物小屋に行った日の帰り道……。
アニドーラ　……え。（再び離れる）
オーネジー　町はずれの見世物小屋。行ったわよね。忘れちゃった？
アニドーラ　憶えてるわグリシダ……もちろん……。
オーネジー　私が怖《こわ》いの？
アニドーラ　怖くないわ……会いたかった……。
オーネジー　あの時、「ニンニとオーネジーを二人きりにしてあげたいから」って
あなたは言ったわ……あれ言い訳でしょ？
アニドーラ　言い訳よもちろん。あなたとふたりきりになりたかったの……。
オーネジー　あなたが私の手を引いて、ふたりで見世物小屋を出て行った……小さな
舞台の上でマングースが、殺したコブラを食べてたわ……。

アニドーラ　ええ……。

アニドーラ、ゆっくりとオーネジーに近づいていく。

オーネジー　（アニドーラと手をとって）珍しく雪が雨になって……雨やどりで飛び込んだトンネルの中であたしたち、キッスをしたわね……。

アニドーラ　したわね……。

アニドーラとオーネジー、寄り添うようにして暖炉の近くの階段に座る。

オーネジー　いつもあなた、ビクビクしてた……神様に見られていると思い込んでいたからよ……。

アニドーラ　そうね……。

オーネジー　まるで悪魔を怖がるみたいに。

アニドーラ　!?

奥の廊下からダルが戻って来て、この光景を目の当たりにする。

ダル　!?

オーネジー　あなたがあたしを縛りつけたのよ、修道院に、このくだらない宗教に！（逃げるように離れていくアニドーラを追い）あなたに捕まらなかったらあたし、こんな真っ暗なところに来ることもなかったんだわ！

アニドーラ　（耳を塞《ふさ》ぐようにして）やめて、グリシダやめてちょうだい……！

ダル、個室の方へと走り去る。

オーネジー　あなたとなんか出逢《であ》わなきゃよかった！　あなたと出逢わなければ、あたしは今頃……。

アニドーラ　お兄様と結ばれてた……!?

オーネジー　……ええ、そうね、そうかもしれない、あなたが割り込んでこなければ……。お兄様だって、あたしがずっとそばにいてあげてたらあんな女とくっつくことはなかったわ！

アニドーラ　いいえ、テンダロさんはもっとずっと前からジュリエッタと関係してたわ！　あなたがお兄様との関係を相談しに来るずっと前から。あなたには言わなかっただけ！

オーネジー　だったらずっと言わないでよ！

アニドーラ　あなた死んだからわからなくなっちゃったのよ！　愛し合ってたわ！　あなたと私は！　愛し合ってたの！　心から！

ノイ、マーロウ、ダルが、それぞれ燭台を手に、少し離れたところに来ていた。

マーロウ　オーネジー！　何をしてるのあなたは！
アニドーラ　（見ずに）……オーネジーではありません。
ノイ　オーネジーじゃないんですか？
マーロウ　（ノイに）オーネジーですよ。（アニドーラに）よく見なさい！　（オーネジーに）脱ぎなさいそれ！
アニドーラ　オーネジーではないんです。
マーロウ　オーネジーです！
オーネジー　オーネジーじゃないわよ！　（あざ笑うように）修道院長になったんですってねシスター・マーロウ。あなたに務《つと》まるの？
マーロウ　（ノイに）オーネジーじゃないのでは……？
ノイ　（アニドーラを示して）だからそう言ってるじゃないですか。
マーロウ　（オーネジーに）じゃあ誰なんです！
オーネジー　グリシダよ！　（と祭壇を見る）

一同　!?

とたんに祭壇の上の祭具や供え物がはじき飛ばされるように散らばり、音をたてて床に落ちる。

アニドーラ　やめて！
オーネジー　（けたたましく笑う）
アニドーラ　（手を合わせて）ダズネ様、アナコラーダ様、どうかお許しください！（と散らばったものを祭壇に戻し始める）
ノイ　聖水を。
マーロウ　はい？
ノイ　聖水です。
マーロウ　あ、はい。

マーロウ、聖水を取りに走り去る。

ノイ　（オーネジーに歩み寄りながら）シスター・グリシダ。どうして出てきたりするんです。

アニドーラ　私がいけないんです。お許しください！
ノイ　（あくまでオーネジーに）オーネジーだって迷惑ですよ、そんなものまで着せられて。
オーネジー　（「!?」となり）着せてないわ……！
ノイ　着せてるじゃないですか。
オーネジー　着せてない。
ノイ　（かぶせて）着せてますよ。見えないんですか？
オーネジー　見えるけど着せてないの！
ノイ　（訝《いぶ》かしんで）あなたグリシダじゃないわ。
オーネジー　グリシダよ！　アニドーラは連れて行きます。
ノイ　バカなこと言わないで。

オーネジー、アニドーラの肩に手をかけ、目を見開いて彼女の目を見つめる。
マーロウが聖水の入った小瓶を持ってきた。

マーロウ　どうぞ。
ノイ　（受けとって）神よお守りください……。

ノイ、錨を切って、聖水をオーネジーに浴びせる。

オーネジー （悲鳴をあげる）

ノイ （さらに浴びせる）

オーネジー アニドーラ助けて！

アニドーラ おやめください！（とノイを制しようと）

ノイ （マーロウとダルに）アニドーラを。

マーロウとダル、アニドーラをノイから引き離す。

アニドーラ グリシダ！　シスター・ノイ、おやめください！（などと）

オーネジー アニドーラ！

ノイの幾度目かの聖水で、断末魔のうめき声を上げるオーネジー。影がオーネジーの体から飛び出し、溶けるようになくなる。

静寂。

マーロウ 死んだのですかグリシダは……。

ノイ　シスター・グリシダはとっくに死んでます。シスター・アニドーラ、だまされてはいけません。今のはシスター・グリシダなんかじゃありませんよ。

アニドーラ　（にわかに信じ難く）そうでしょうか……。

ノイ　そうです。

ダル　じゃなんですか？

ノイ　（一瞬考えて）悪魔です。（すぐに言い直して）小悪魔です。

ダル　小悪魔。

ノイ　悪魔は恐しいですが小悪魔は小賢《こざか》しいのです。

アニドーラ　小悪魔でしょうか……。

ノイ　（ややキツい口調で）もしそうでなかったとしても、そう思うのです。いいですね。

アニドーラ　……。

ノイ　シスター・アニドーラ。

アニドーラ　はい……。

ノイ　あなた……シスター・グリシダと……。

アニドーラ　……。

ノイ　答えなさい。そうなんですね。

アニドーラ　はい。どうかお許しください……！
ノイ　部屋に戻りなさい。部屋で朝まで祈るのです。あとは私たちが。
アニドーラ　はい……。（つけていたネックレスをとり、木箱に入れて）この木箱、埋めてしまってください。また小悪魔が現われてしまいます……。
ノイ　わかりました。

突如、木箱の蓋がパカパカと音を立てて開いたり閉まったりする。

アニドーラ　！（と蓋を押さえる）

ノイ、木箱の蓋を開け、中に聖水を注いですぐに閉じる。箱の中で低いうなり声が聞こえたような——。

一同　……。

オーネジーが目を覚ます。

オーネジー　……。

ノイ　目を覚ましましたか。
オーネジー　（まだうつろで）はい……。
ノイ　もう大丈夫ですよ。
オーネジー　（修道服を着ていることに気づき）あ……！
ノイ　小悪魔が着せたのです。あなたをグリシダに仕立て上げようとして。
オーネジー　あたしを？　グリシダに？
一同　ええ。（とか）はい。（とか）そうです。（とか）
オーネジー　怒らないの？
ノイ　小悪魔を？
オーネジー　（違う、と言おうとするが）はい。
ノイ　怒りましたとも。懲《こ》らしめてやりました。
オーネジー　はい。
ノイ　部屋に戻りなさい。
オーネジー　部屋はネズミが出ます。
ノイ　（やや戸惑いつつ）はい。みんなの部屋に出ます。戻りなさい。
オーネジー　はい。
ノイ　オーネジー。修道服は朝返してください。燃やしてしまいます。
オーネジー　え……！

ノイ　なんですか。
オーネジー　あたしが燃やしておきます。
ノイ　いいえ私たちが燃やします。
オーネジー　……はい。
ダル　おやすみなさい。
オーネジー　（ダルを睨むようにして）……。
ダル　（目をそらして）……。
ノイ　おやすみなさい。
オーネジー　（すぐに）おやすみなさい。
他の人々　ギッチョダ。
オーネジー　ギッチョダ。

オーネジー、部屋の方へと去る。

ノイ　（アニドーラに）あなたも戻りなさい。
アニドーラ　はい。おやすみなさい。
他の人々　ギッチョダ。
アニドーラ　ギッチョダ。

アニドーラ、（燭台を持たずに）部屋の方へと去る。
やや、間。

ダル　……では私《わたくし》も。
ノイ　待ちなさい。
ダル　（内心ドキリとして）……なんでしょう。
ノイ　なんですかその外套《がいとう》は。
ダル　……。
ノイ　なんですかその外套はと聞いてます。
マーロウ　私の部屋の窓から見えました。シスター・ダルは夜更《よふ》けから幾度も薪小屋の方に
ノイ　（遮って）院長様、私はわかってて聞いてるんです。わかりませんか。
マーロウ　あ……。
ダル　申し訳ありません、悔い改めます。
ノイ　……。
マーロウ　（ノイの様子を受けて）シスター・ソラーニに同意するわけではありませんが、あなたの悔い改めますはどこか軽いのです。

ダル　そんなことはありません。悔い改めますちゃんと。悔い改めますから。（一瞬周りに他の人がいないか確認してから、ノイに）来月、また二万ゲンズブールお納め致します……。
ノイ　……。
ダル　二万三〇〇〇ゲンズブール。
ノイ　……。
ダル　二万四〇〇〇。五〇〇〇。
ノイ　……。
ダル　二万七〇〇〇。
ノイ　二万七〇〇〇ですね。
ダル　二万七〇〇〇。
マーロウ　……。
ノイ　必ずお願いします。
ダル　はい……おやすみなさい。
ノイ　ギッチョダ。
ダル　ギッチョダ。

ダル、（やはり燭台を持たずに）足早に去る。

残されたノイとマーロウ。

ノイ、小さな溜息とともに椅子に座る。

ノイ　お座りなさい。

マーロウ　はい……

マーロウ、ノイと対峙する椅子に座る。蠟燭の火に照らされる二人の顔。

壁面に映る大きな影、二つ。

ノイ　……。

マーロウ　……。

ノイ　私のことを軽蔑《けいべつ》しますか……？

マーロウ　（見ずに）いえ……今、修道院にはお金が必要です……。

ノイ　ここ半年間、収入はほぼシスター・ダルからの献金のみです。

マーロウ　それはわかっているつもりです。ただ……。

ノイ　ただなんですか？

マーロウ　あの母子《おやこ》をこのままこの修道院においておくというのは、神様に背《そむ》く行為なのではないでしょうか？　あのような有様《ありさま》ではあまりにも——

ノイ　（手にした聖水の小瓶を見つめていたが、不意に）院長様。
マーロウ　はい。
ノイ　これ聖水ではありませんね。目薬です。
マーロウ　え！
ノイ　えじゃありません、目薬ですよホラ。
マーロウ　あ、申し訳ありません！
ノイ　手が目薬臭くなってしまいました。
マーロウ　（小瓶から手に移す仕草をして）あ、目薬でこうやったからじゃないですか。
ノイ　だからそうですよ！
マーロウ　悔い改めます……。
ノイ　……。
マーロウ　私のこと、軽蔑してますか？
ノイ　（即答で）してます……。
マーロウ　……。
ノイ　……。
マーロウ　ですけど、どうして目薬で小悪魔が……
ノイ　小悪魔ではありません。あれはグリシダです。
マーロウ　え……。

ノイ　グリシダの亡霊ですよ。そう言ってたじゃないですか本人が。
マーロウ　はい。言ってました。
ノイ　大体なんですか小悪魔って。
マーロウ　（そりゃないだろう）……。
ノイ　あれをグリシダと認めたら、シスター・アニドーラは自ら命を絶つでしょう……私はそういう人を何人も見てきています。
マーロウ　ああ……。
ノイ　え、目薬がなんですか。
マーロウ　はい？
ノイ　今、目薬がどうとか、
マーロウ　（一瞬考えて）ああ、ですからどうして目薬で小あ、グリシダの亡霊が――
ノイ　（きっぱりと）わかりません。
マーロウ　……。
ノイ　私は別になんでもわかるわけじゃないんですよ……!?
マーロウ　そうですね……。
ノイ　わからないことだらけです……。
マーロウ　私もです……。
ノイ　……どうして神様は私たち四人を生かしてくださったのでしょうね……。

マーロウ　ですよね。四十七人の中で私たちが最も駄目な四人かもしれません。
ノイ　（マーロウを見る）
マーロウ　（ので）シスター・ノイを除いて。
ノイ　（自嘲《じちょう》の笑みを浮かべて首を振り）中でも私がもっとも駄目ですよ……。
マーロウ　そんなことはありません。

静寂。

ノイ　聖・船出祭の前日の夜のことです……グレゴリー公が前院長様を訪ねてきました。
マーロウ　グレゴリー公って、あのグレゴリー公ですか……!?
ノイ　ええ、国王の側近の一人。
マーロウ　よくミサでお見かけしました。あれ付《つ》け髭《ひげ》ですよね。
ノイ　ええ、変装してたんです。もし国王に見つかったら即刻ギロチンですからね。
マーロウ　それでもミサに……熱心な信者ですよ……。
マーロウ　あれ、ヘンですよねあの髭。
ノイ　（消極的に）多少ヘンかもしれませんね……。
マーロウ　ヘンですよ、いつも上下が逆なんじゃないかって思って（見てたんですよ）。

ノイ　いいじゃないですか髭のことは。あなたと話しているといつも、どこか遠いところへ連れていかれてしまうような気がして恐ろしいのです……。

マーロウ　悔い改めます……え、訪《たず》ねてこられたんですか？　グレゴリー公が。

ノイ　急ぎの相談だと言って……私も前院長様に同席して話を伺ったのです……グレゴリー公は、聖・船出祭を中止すべきだと進言しました……国王が枢機卿に耳打ちするのを聞いた者がいるらしいと言うのです……私たちが飲むぶどう酒に毒を盛るようにと……。

マーロウ　……！

ノイ　前院長様は私にお尋ねになりました……どう思うか……私は答えました……「そんな噂を鵜呑《うの》みにするのは反対です」と……。

マーロウ　（慄然《りつぜん》としながらも）ちょっと待ってください。では御存知だったのですかシスター・ノイは、ぶどう酒に……

ノイ　そんなことはないと信じたかったのです……あの頃はまだ、街中《まちじゅう》に信者が溢《あふ》れていました。国王だってそんな大それたことをするわけがないと……愚かでした……四十三人の尊い命が奪われたのは私のせいです……。

マーロウ　（絶句して）……。

ノイ　前院長様も、私などの意見を聞き入れることさえしなければ……グレゴリー公もあの日修道院に来たことが知れて、殺されてしまったそうです……。

マーロウ　……。
ノイ　ええ……。軽蔑しますよね？
マーロウ　いいえ……。
ノイ　少しは軽蔑してください……。
マーロウ　……では少しだけ。
ノイ　（自嘲《じちょう》なのか、むしろ明るく）私の一生なんかで償《つぐな》いきれるとは思ってませんけどね。それでも私は、この罪の償いを糧として生きてゆくしかないのです……。
マーロウ　お強いのですね……やはり院長には私なんかよりシスター・ノイが適任だったのではないかと思うのですが――。
ノイ　嫌なんですよ、人に命ずる立場なんか。これ埋めてきてください。（木箱のこと）
マーロウ　……はい。
マーロウ、ドアの横に並べて掛けられていたマントを羽織る為に一度木箱を床に置き、羽織って、木箱を持たずそのまま行こうとする。
マーロウ　あ。（と木箱を手にする）

ノイ　（見ていたが）やはり一緒に参りましょう。心配です。
マーロウ　すみません……。
ノイとマーロウ、ランタンを持ってドアから出て行った。
ほどなく、やはりランタンを手にしたソラーニがマントをつけて来る。
ソラーニ　……。
ソラーニ、コソコソとドアへ行こうとした時、ダルが来る。
ダル　ソラーニ！
ソラーニ　!?
ダル　どこ行くの。
ソラーニ　（悪びれずに）……御想像の通りよ。
ダル　悪いことは言わないわ。あの男はやめなさい。
ソラーニ　（ダルに近づきながら）なにママ……もうフラれちゃったの？
ダル　フったのよこっちが。
ソラーニ　行ったのね、薪小屋に。

ダル　（当然とばかりに）行ったわよ。あの男はダメ。

ソラーニ　ママにはダメかもしれないけど、私にはちっともダメじゃないの。私、男の人のことでママにどうこう言ったことないでしょ？　ちっちゃい頃のことはあんまり覚えてないけど、男の人にフラれちゃ宗教変えて、宗教変えちゃ妙な人とくっついて……

ダル　妙な人って……

ソラーニ　（やや遠慮がちに）妙だと思うわ。草しか食べない目医者さんはまだしも、体中に値札を貼ってる税理士さんとか。

ダル　……。

ソラーニ　あの窓ガラスを舐《な》めてばかりいた弁護士さんだって……。

ダル　どの方も立派でしたよ、今思えば。

ソラーニ　知らないけど、私は見て見ぬフリしてあげてたのに……。

ダル　あの男だけはやめときなさい。

ソラーニ　（切実かつ誠実に）どうしてダメなの？　初めて男の人をちゃんと好きになったのよ……？

ダル　……。

ソラーニ　あの方のお顔を見てると胸が高鳴って……痛いくらいなの……。あの方私に言ってくれたのよ。どこかの町で一緒に暮らそうって……。

ダル　嘘でしょ。
ソラーニ　嘘じゃないよ。
ダル　神様に誓える？　嘘じゃありませんて。
ソラーニ　……いいよ。
ダル　なら今誓いなさい。
ソラーニ　……。（誓えない）
ダル　ほら嘘なんじゃないの。
ソラーニ　（真剣に）好きなのは本当よ……愛してるの……！
ダル　（娘の気持ちを汲《く》みながらも）……あの男はダメ。
ソラーニ　（ここで初めて明確に反抗的な態度で）どうして！
ダル　ひっぱたかれたわ……。
ソラーニ　え……。
ダル　何度も、思いっ切り。脱ぎなさいこれ。（と、ソラーニが羽織ったマントのボタンをはずす。ネックレスが見える）
ソラーニ　（内心、少しショックで）……嘘よ。
ダル　嘘じゃないわよ。（頬を蠟燭《ろうそく》の火に照らして）腫《は》れてるでしょここ。
ソラーニ　（内心、ショックを受けているが）……神様に誓える？
ダル　誓えますよ。

ソラーニ　（やや消極的に）じゃあ誓って。
ダル　何度もっていうのはあれだけど……。
ソラーニ　ほら……。
ダル　痛かったのは本当だもの……。
ソラーニ　ママが怒らせるようなこと言ったんじゃないの？
ダル　言ってないわよ。ほら、あの愛想のない知恵遅れの子、あの子がシスター・ニンニと抱き合ってたって、そう言ったらいきなり。
ソラーニ　オーネジー？
ダル　オーネジーよ。
ソラーニ　（嫌悪するように）やだ……名前覚えちゃった……。
ダル　忘れなさい。
ソラーニ　平気よ私は。ひっぱたかれたらひっぱたき返すわ。そんな愛だってあるの。
ダル　いつの間にそんなこと言うようになったのあなた……。
ソラーニ　ママ、あたしもう十八よ……。
ダル　十八でしょまだ。あたしが十八の頃なんて——
ソラーニ　結婚して三年目。
ダル　……。
ソラーニ　十五の時でしょ？　ママが結婚したの。

ダル　……ええ。
ソラーニ　二度目の赤ちゃんも流産した歳。
ダル　そうね……
ソラーニ　……。
ダル　座りなさい。
ソラーニ　（座らずに）ママ……。
ダル　なに……？
ソラーニ　私が無事に生きて産まれた時、嬉しかった……？
ダル　嬉しかったに決まってるじゃないの。どうしてそんなこと聞くの？
ソラーニ　んん……私、産まれてからも何度も死にかけたんでしょ？
ダル　そうよ……いつも身体が氷のように冷たくって……どんなに暖めても、偉いお医者様に診《み》せても、ちっともよくならなかったの……。
ソラーニ　へえ……全然憶えてないわ……。
ダル　（笑って）あたりまえよ、まだ赤ん坊だったんだもの……。だけど、歯が生え替わる頃にはすっかり元気になってくれた……（とソラーニのネックレスに触れて）あなたの大切なネックレス……ここのところのほらこれ全部――
ソラーニ　ええ、乳歯なのよね、私の。
ダル　そうよ……あなたの乳歯。

ソラーニ　（他意なく、明るく）もう何度も聞いたわ……。テオがヘンなネックレスだって言ってた……。
ダル　（苦笑しながら）なにも知らないからよ……あんな田舎者にわかるはずないわ……。
ソラーニ　……。
ダル　どうして急にそんなこと聞いたのよ……。
ソラーニ　ママ……。
ダル　はい。
ソラーニ　今までありがとう……。
ダル　え……。
ソラーニ　（ダルを抱きしめて）物心ついた時から振り回されっぱなしだったけど、全部ママがあたしの為を思ってしてくれたことよ。理不尽《りふじん》に叱ってくれたことも含めて。そう思うようにする。（離れて）さようなら。

ソラーニ、ドアへ向かう。

ダル　待ちなさい。
ソラーニ　（背を向けたまま）なに。もう話すことはないわ。

ダル　あなたには婚約者がいるの。

沈黙。

ダル　婚約者がいるんです。あなたは二十歳《はたち》のお誕生日に、その人のところへお嫁に行くの。

ソラーニ　……なんて言ったの今。

ソラーニ　嘘よ……。

ダル　本当よ。神様にだって誓えますよ、幾度だって誓えます。誓いましょうか?

ソラーニ　(それには答えず愕然と) 婚約者……。

ダル　ええ。そのことはさっきあの男にも伝えておきました。

ソラーニ　(みるみる表情変わり) え……!?

ダル　万が一のことがあったら困ると思ったの。だからもうあの男のことは諦《あきら》めなさい。

ソラーニ　知らないわよ私、婚約者なんて!

ダル　知らないわよ言ってないもの。お相手は罌粟《けし》畑に囲まれた村の大地主の息子さんよ。きっと素敵な方ですよ。

ソラーニ　(怒りと衝撃に打ち震えながら) そんな大事なことどうして勝手に!　私マ

マの操り人形じゃないのよ!? テオ……! テオ!

ダル 落ち着きなさい。つらいのはよくわかるけどそれは今だけのことですよ。

ソラーニ ママにはもう二度と会わない! (ネックレスを引きちぎる)

ダル 何をするの!?

ソラーニ こんなもの!

ソラーニ、ネックレスを暖炉に投げ捨てようとする。

ダル (絶叫して) よしなさい!

ソラーニ、投げ入れて暖炉から離れる。

ダル ネックレス! (暖炉へ向かう)

ソラーニ ママ!? やめてママ! ママ!!

ダル、暖炉に手と頭を突っ込み、ネックレスを拾おうとする。

ダル (悲鳴をあげて暖炉から身を離す)

ソラーニ　（絶叫して）誰か!!　ママが!!　誰か!!

髪を振り乱して絶叫し続けるダル。
ほどなくニンニとアニドーラが走って来る。

アニドーラ　どうしたの一体!?
ソラーニ　（泣きじゃくりながら）ママが暖炉の中に！
ニンニ　シスター・ダル！

ニンニとアニドーラ、苦しむダルを抱えるようにして部屋の方へ連れて行きながら――

アニドーラ　（ソラーニに）バケツに雪をとってきて！
ソラーニ　はい！
ニンニ　（ダルに）大丈夫よ、しっかりして！

ソラーニはいったん引っ込み、すぐにバケツを手にしてドアの外へと去る。
ほぼ同時に、雪が降る外のエリアを、テオが薪小屋の方からやって来る。

テオ　（腕に手をやりながら）……。

テオ、ドルフを埋めた辺りを気にしつつ、山荘入口の方へと去る。
ドアが開き、ノイと、木箱を持ったマーロウが顔面蒼白で部屋の中に駆け込んでくる。

ノイ　なんですか今のは……。
マーロウ　わかりません……。
ノイ　死神だと名乗ってませんでしたか……。
マーロウ　さあ、私はこれを埋めるのに夢中で。
ノイ　こんな、鎌《かま》のようなものを持っていませんでしたか。
マーロウ　鍬《くわ》ではないでしょうか、お百姓さんでは。
ノイ　お百姓さんはあんな蒼白《あおじろ》い顔をしていません。
マーロウ　見えませんでした。これを埋めた穴に雪をかぶせるのに夢中で何も見えませんでした。
ノイ　院長様。
マーロウ　はい。
ノイ　それはなんですか。
マーロウ　（手にした木箱に気づき）あれ!?

ノイ　埋めたんですよね？
マーロウ　埋めました。
ノイ　じゃあどうして持ってるんです。
マーロウ　（ハッとして）ランタンを埋めてしまいました！
ノイ　！
マーロウ　すみません、死神に気をとられてつい――
ノイ　何も見えなかったんじゃないんですか⁉
マーロウ　いえ全部見えました。悔い改めます。
ノイ　……死神ですよね。
マーロウ　そう言ってましたからね自分で。誰かを迎えに来たのでしょうか……。

ソラーニがバケツにいっぱいの雪を持ってドアから入ってくる。

ノイ　どうしたのですか……⁉
ソラーニ　（立ち止まらずに）ママが暖炉に突っ込んで――
マーロウ　亡くなったのですか⁉
ソラーニ　生きてます！　今アニドーラさんとニンニさんが。

ソラーニ、走り去る。

ノイ　お祈りを。

祭壇へ行ったノイとマーロウが祈りを始めようとした時、木箱の蓋がまたパカパカと開いたり閉まったりする。ノイ、心ここにあらずの状態で、手慣れたやっつけ仕事のように素早く蓋を開けて中に聖水（目薬）を注ぎ、閉める。中から先ほどと同様のうめき声が聞こえるが、二人、かまわず祈る。

そろりとドアを開けてテオが入ってくる。

テオ　（祈っている二人に気づいて）あ……。

ノイ　なんですか次から次へと。

テオ　すみません……オーネジーは——

マーロウ　（厳しい口調で）眠っています。何時だと思ってるんですか。朝日が昇るまで入室は禁止だとあれほど言ったじゃありませんか。

テオ　そうなんですけど

ノイ　問答無用です。薪小屋に戻ってください。あ、（と木箱を）罰としてこれ埋めてきて下さい。今すぐに。

テオ　え。
ノイ　決して開けてはいけませんよ。結構恐しいことが起こります。あ、もし蓋がパカパカいったら中にこれを。（と目薬を）
テオ　（わけがわからず）目薬ですか？
マーロウ　なるべく深く埋めるようにしてください。別の物を埋めたりしないように。
ノイ　（「あんたが言うな」とばかりにマーロウを見て）……。
テオ　はあ……オーネジー、様子がおかしくありませんでしたか。
マーロウ　おかしいと言えばおかしいですよ、それがオーネジーなんじゃないですか？
テオ　うん、そういう意味じゃなくて
ノイ　（遮って）さあもう行ってください。頼みましたよ。急いで。
テオ　はい……。

テオ、出てゆく。

ノイ　祈りましょう。
マーロウ　はい。

二人、再び祈り始める。

部屋の方から、私服に着替えたオーネジーが異様な様子で来る。

オーネジー　誰か来る。

ノイ　（またもや祈りを中断し）なんですか⁉

オーネジー　誰か来るの。

マーロウ　ああもう来ましたよ。今追い返しました。起きてこないで休みなさい。

オーネジー　沢山の人よ……。（と奥の窓の方へ）

ノイ　（よく聞こえておらず）今お祈りをしているのです。気を散らせないでください。万が一祈り間違いでも犯したら大変なことになります。（祈る）

マーロウ　そうですよ。（祈る）

オーネジー　……。

マーロウ　なんですか祈り間違いって。

ノイ　祈り間違いですよ。院長様、御存知ないのですか？　世の中にはお祈りの仕方を間違えて体が溶けてしまった人や裏返ってしまった人が何百人といるんです。

マーロウ　（理解できず）え、裏返るというのは……。

ノイ　裏返るんです。ですから体の内側がこう、ベロリンと外側に。

マーロウ　（想像して）……気をつけます。（すぐさま祈る）

ノイ　気をつけてください。（すぐさま祈る）

木箱を手にして外のエリアを通過してゆくテオ。
直後、ガバッと雪の中から身を起こした男。ドルフだ。額には流れた血がどす黒く固まっている。飛び散った雪。

ドルフ　!?
テオ　（戻ってきて）!?
ドルフ　（茫然と）……おはよう。
テオ　ええ……!?　（と木箱を地面に落とす）
ドルフ　テオか……寒いな……。
テオ　……。
ドルフ　（ヨロヨロと立ち上がって）どこだここ……。

テオ、一瞬窓から部屋の中を確認してから、いきなりドルフを殴る。
声をあげて転倒するドルフ。

オーネジー　!?　（気づいて手前の窓へ）

ドルフ　何すんだよ……！

テオ、馬乗りになってドルフの首を絞める。

ドルフ　何すんだよテオ！　気でも違ったか。やめろ、俺だよ！　ドルフだよ！

オーネジー　（窓を開けて）テオ！

ノイ　（祈っていたが）なんですか!?

テオ　（オーネジーに）開けるなよ！　いるんだろ人！　（だが今さらどうしようもなく）

オーネジー　（テオに）ドルフさん生きてたの!?

ドルフ　生きてるよ！

マーロウとノイ、窓の近くに駆け寄り、事態を把握できぬまま

マーロウ　何をしてるんです！

ドルフ　こんばんは……。

マーロウ・ノイ　こんばんは……。

ノイ　ドルフさん……!?

ドルフ　ええ。

オーネジー　埋めたのよテオが。

マーロウ　え!?　（窓の外のテオに）埋めるのは木箱だとあれほど言ったじゃないですか……!

ドルフ　あれ……（ハタと）あ！　入っちゃいました!?

マーロウ　はい……!?

ドルフ　いけません入っちゃ。

マーロウ　え……!?

ドルフ　いけないいんです。まずいな……申し訳ありませんが帰ってください。じゃないと俺がとっちめられちまうんだ。

マーロウ　何をおっしゃってるんですか?

ドルフ　いや、俺はそう言えと言われただけなんです。国王の命令らしいんですよ。お願いします。お帰りください。

ノイ・マーロウ　……。

オーネジー　テオ、誰か来るの。

テオ　え?

オーネジー　沢山の人。

ドルフ　（小さく）あ……思い出した……こいつ、オーネジー……。

テオ　（はるか遠くに何かを発見して、愕然と）なんだあれ……！
オーネジー　来た!?
ドルフ　なにが！（と発見し）あ……（大声で遠くに向かって）俺だ！ドルフだよ！
何しに来たんだそんな大勢で。どうしちゃったんだよ！来るな！戻れ！

ドルフ、叫びながら走り去る。

テオ　（部屋の中の人々に）大変だ……。
マーロウ　なんですか!?
テオ　すごい数の村の人たちが……様子がおかしい。
ノイ・マーロウ　え……！
テオ　戸閉まりをした方がいいと思います。今僕も行きます。

テオ、木箱を拾い上げ、山荘の入り口の方へ走り去った。
ノイとマーロウ、ドアと窓に閂《かんぬき》を掛けながら――。
風の音。

マーロウ　どうしましょう。逃げますか。

ノイ　今からどこへ逃げろと言うんです。シスター・ダルはおそらく大火傷《おおやけど》を負ってるのですよ。シスター・ニンニとシスター・アニドーラを呼んできてください……。

マーロウ　はい……！

マーロウ、先ほどソラーニが去った方へと去る。

ノイ　オーネジー、あなたは部屋にいなさい。
オーネジー　いないの。
ノイ　いないのじゃなくて

ドンドンドン、とドアを叩く音。

ノイ・オーネジー　⁉
テオの声　テオです！
オーネジー　だからテオは薪小屋で寝てなきゃ駄目よ。
ノイ　（ドアの閂を外しながら）今はいいの。特別。
オーネジー　（ドアの外に）特別よ！

ノイがドアを開け、テオ、入ってくる。
ノイ、再び門を掛ける。

テオ　オーネジー、部屋にいろ。
ノイ　今そう言ったんですけど。結局木箱埋めなかったんですね。
テオ　すみません、それどころじゃ……。
オーネジー　テオ、特別よ。
テオ　（かぶせて）わかったよ……。

アニドーラとニンニが、マーロウに続いて来る。

ニンニ　（事態をよく把握できておらず）一体何が起こってるんですか……!?
ノイ　よくはわからないんです。
マーロウ　村の人たちが来たんです、大勢で。
アニドーラ　（木箱を発見し「！」となって）まだある……。埋めてくださらなかったんですか……？
マーロウ　どうしても別のものを埋めてしまうんです。

アニドーラ　（理解できず）え？

テオ　蠟燭やランタンを消した方がいいかもしれません……。

皆、ロウソク消しなどを使って火を消してゆく。暖炉の火はすでに燃え尽き、消えている。

山荘の外壁を叩く音。

皆　!?

最初は三、四人のものに思えた外壁を叩く音、ほどなく数十人が叩く音になる。（映像で村人たちのシルエットが映し出されている）

やがて、音は劇場じゅうを包む。

ノイ　祈りましょう。祈るのです……！

修道女たち、身を寄せ合って祈る。

皆　主、ダズネ様。我らが他人に赦すごとく、我らの罪を赦したまえ。御名が崇められ、御国の来たらんことを。御心が地にも行なわれんことを。

今日も我らに日ごとの糧を与えたまえ。我らを試みにひきたまわざれ、我らを悪より救いたまえ。怠りと悶えと無駄事のこころを我らに与うるなかれ。

オーネジー、祈りを途中で止めていたが、突然、たまりかねたように、奥の窓へ駆け寄ると、閂を外す。

テオ　オーネジー……!?

オーネジー、窓から外へ転げ出るようにして消える。

ニンニ　オーネジー！

テオ、追って窓から飛び出していく。

ニンニ　（も行こうとして絶叫し）オーネジー！

皆　ニンニ！（とか）よしなさい！（とか）

ニンニ、オーネジーの名を叫びながら皆に窓から引き離され、窓は再び閉められる。

ニンニ　オーネジー……！

と、突然、すべての音が止む。

皆　!?

皆が窓の方を振り向いた瞬間、風景が静止する。

暗転。

3　二日後の夕刻

雪は止んでいる。風もないようだ。

まさにここ数十分で太陽が沈もうとしている時刻。

テーブルに、工具や絵の具と共に、作りかけの、列車の模型が三つと、なんだかよくわからないものの模型が一つ置かれている。

祭壇でソラーニ（修道服を着ている）が手を合わせている。

ソラーニ　本当です。なんでもします。どんなことでも我慢しますから……お願いします……（錨を切って）ギッチョダ……。（目を開け、錨のマークを見つめて、再び目を閉じて手を合わせ）主ダズネ様、聖女アナコラーダ様、何度もごめんなさい。どうか私の声を聞き入れてください……私のママ、世界で一番キレイな、私の大好きなママに、私はとんでもないことをしてしまいました……きっと私こそ悪魔です……どうか私を裁いてください。火あぶりにされても八つ裂きにされても構いませんから、どうかママを元通りのママにしてください。何でもしますから。どこへだってお嫁に行きます。どうか、どうかママをお救いください……。（錨を切って）ギッチョダ……。

顔のほぼ全体を包帯で覆《おお》った寝巻姿のダルが来ているが、ソラーニはまだ気づかない。

ダル　……。

ソラーニ　（再び祈りはじめて）主ダズネ様、聖女アナコラーダ様、本当に、しつこいとは思われたくないんですけど、どうか私の声を……。

ソラーニ、人の気配に振り向く。

ダル　（やさしく）寝てないんでしょ。少しは休みなさい。体を壊すわよ……。

ソラーニ　（首を振って）んん大丈夫……。痛む？

ダル　少しね……だいぶ落ち着いたわ……。
ソラーニ　……包帯替える？
ダル　ええ。
ソラーニ　ちょっと待ってて……。
ソラーニ、包帯を取りに去る。
ダル　……（ソラーニを目で追ってから、祭壇に手を合わせ）どうか、私たち母子《おやこ》をお守りください……。（錨を切る）
ソラーニ、籐製《とうせい》の籠《かご》に入った包帯と油紙を持って戻ってくる。
以下、母も娘も努めて明るく振る舞おうとするが、二人の笑顔はどこか痛々しい。
ダル　ありがとう……。
ダルとソラーニは段上の椅子に座り、包帯を替えながら――。
ダル　（テーブルに並んだ模型を見て）皆さんは？

ソラーニ　たった今、保安官さんが馬車でいらして、
ダル　ああ。
ソラーニ　木材を持ってきてくださったとかで運びに——すぐ戻ってくるわ。
ダル　そう……。よかったわね、村の人たち皆さんとても歓迎してくださったみたいで……。
ソラーニ　ええ。
ダル　ごめんなさいね、行きたかったわよねあなたも。
ソラーニ　あたしはママといたい。
ダル　ありがとう……。

露《あら》わになった火傷。顔面全体がひどく焼け爛《ただ》れている。

ソラーニ　……。
ダル　ひどい顔?
ソラーニ　(小さく)ごめんなさい……。
ダル　(明るく)もうやめて。私が勝手に突っ込んだのよ……。
ソラーニ　……。

シスター四人（マーロウ、ノイ、ニンニ、アニドーラ）と保安官が木材や工具箱等を運んでくる。ドルフの弟である保安官のラルゴは、顔がドルフと瓜《うり》二つ。マーロウは贈り物らしい包みを手にしている。

アニドーラ　（二人に気づいて）あら。

保安官　こんにちは。

ダル　こんにちは……。

アニドーラとニンニは荷物を運んで奥の廊下へ去る。

マーロウ　（保安官に紹介して）シスター・ダルです。（ダルに）保安官のラルゴさん、ドルフさんの弟さん。

保安官　どうも。（火傷を見て悪気なく）こりゃひどいや。痛みますか。

ダル　（曖昧に）いえ……。

保安官　（驚いて）え、痛まないんですかそんなで。

ノイ　どうぞお座りください。（とテーブルの方を促す）

保安官　あ、いえ、私はこっちで。（と奥の窓の椅子に座る）

マーロウ　お茶でよろしいですか？

保安官　どうぞお構いなく。
ノイ　（マーロウが手にしていた包みを指し）あ、では、頂戴したパンと一緒に――
保安官　ああいえ、イチジクのパンなんだそうですけどね、私イチジクだめなんで。
マーロウ　あ、じゃイチジクのところだけ削っぱげますか。
保安官　いやいや、お茶だけで。
マーロウ　そうですか？
保安官　ええ、お茶だけ。

ニンニとアニドーラ、戻ってきている。

ニンニ　あ、お茶なら私《わたくし》が。
マーロウ　いえ、もうまっぴらです。（と去る）
ニンニ　（マーロウの背に）あれは私じゃなくてオーネジーが淹れたんですよ。
保安官　（ノイに）今あの方削っぱげてっておっしゃいましたか？
ニンニ　言ってましたか!?
保安官　ええ、イチジクのところだけ削っぱげるって。
ニンニ　（アニドーラに）ね！
アニドーラ　ええ。

二人、はしゃぐように笑う。

保安官　（なんだかわからないが）いいですね、楽しそうで……あ、どうぞ作業をお続けになってください。

ノイ　では失礼して……。

アニドーラ　（ソラーニに、包帯を）手伝うわよ？

ソラーニ　（明るく）いえ……ありがとうございます。

ノイ、ニンニ、アニドーラ、テーブルに着く。

保安官　（包帯を巻き終ろうとしているソラーニに）すごいなぁ修道女様ってのは。看護もできれば農作業も木工作業もできる。おまけに神様にも祈る。

ソラーニ　いえ……。

保安官　（ノイたちに）冗談ですよ最後のは。

ノイ　ええ。

保安官　（姿勢を正して）皆さん今日はありがとうございました。村の人間みんな喜んでた……。

ノイ・ニンニ・アニドーラ　（口々に）いえ（とか）とんでもありません（とか）。
ノイ　こちらこそ、昼食会にまで呼んでいただいて……。
アニドーラ　おいしかったですね、豆のポタージュも卵のグラタンも。
ニンニ　ええ。
保安官　シスター・ニンニがお作りになったアップルパイこそ絶品だった……。
ニンニ　オーネジーが作った方ですよ、保安官さんが召しあがったのは。
保安官　あれ、そうだったか。
ノイ　（やや感傷的に）まさか今年もこんな日が過ごせるなんて思ってませんでした……。
アニドーラ　（同じく）本当ですね……。
保安官　（も、やや感傷的になって）失礼いたしました……。
ノイ　はい？
保安官　一昨日《おととい》もわざわざ托鉢にいらしてくださったというのに、皆で家に閉じ込もって。
ノイ　仕方ありませんよ、国王の御命令じゃ。
保安官　はあ……みんな怯えきってしまって……。まったく、世の中どうなっちゃうんですかね……私も保安官なんて立場ながら心もとない……。
ダル　大丈夫なんですか？

保安官　はい？
ダル　いいえ、今日の皆さん……。
保安官　村の人間みんなで話し合ったんですよ……。「こんなことじゃ駄目だ」って。ほんの数日のことです。国王の目を盗んで皆さんをきちんとお迎えしようと。大丈夫ですよ。そこらへんは私がちゃんと目を光らせて国王の目を盗みます。光らせて盗むんです。
ダル　はあ……。
保安官　ええ……（主としてダルに）一昨日の晩もあんな夜更けに怖い思いをさせてしまって……。
ソラーニ　あの、壁を叩いてた方たちが突然みんな眠ってしまったっていうのは本当なんですか……？
保安官　ええ、まだ眠ってる奴もいますよ……。
ソラーニ　何十人もいましたよ？　それが全員？
保安官　ええ。寝不足だったのかな……。目を覚ました連中も一様《いちよう》によく憶えてないって言うんですよ……。
ソラーニ　……。
保安官　（誠実に）いずれにしてもやりたくてやったことじゃないんです。どうか許してやってください……。

ソラーニ　いえ私は……。
保安官　（全員に）兄貴は病院に入れました……。
ノイ　（さすがに作業の手を止めて）病院に？
保安官　ええ、おかしなことばかり口走るんでね。ヤン先生に診てもらおうと思って。
ノイ　それはお気の毒に……。
保安官　看護婦が間違えて、危うく私が隔離されるところでした。
ノイ　（苦笑して）そうなんですか。
保安官　そうなんですよ。そんなに似てますかね……。
ノイ・ニンニ・アニドーラ　（口々に）似てますよ。
保安官　ああそうですか……。どっちの方が似てますか？
ノイ　……はい？
保安官　兄貴と私。どっちの方が似てますか？
ノイ　……誰に？
保安官　いやお互いに。兄貴と私。シスター・アニドーラ。
アニドーラ　お互い……意味がよく……。
保安官　意味？
ニンニ　（アニドーラに）ないのよ意味なんか。
保安官　いや、ありますよ意味は。

マーロウが保安官のお茶を運んでくる。

マーロウ　お待たせしました。

保安官　ありがとうございます。（人々に）すみません私ばかり。

ノイ　いえ、私たちは仕事中ですから。（保安官を見据えて）御安心ください。これ以上村の方たちに御迷惑をおかけできませんからね……私たちバザーが終ったらすぐ、翌日にでも村を発《た》ちますので。

マーロウ・ニンニ・アニドーラ　（そのことを了解している様子で）……。

保安官　（歯切れ悪く）はあ……。

ノイ　どうかされたんですか？

保安官　いえ……（どこかごまかすように）売れるといいですね今年も。もちろんこういうのは売れる売れないじゃないでしょうけど。

ノイ　売れた方がいいですよ。

保安官　売れた方がいいですよ。売れないと。

ノイ　ええ。

マーロウも席に着いて作業を始めている。

保安官　（やや、あってから）魂の列車……ウチにも二つありますよ……。
ノイ　院長様……。
マーロウ　はい。
ノイ　それ、何を作ってるんですか？
マーロウ　はい……？（と自分の作っている物を見て）あれ……！

他の者が列車の模型を作る中、マーロウは何か得体の知れないものを作っていた。

ノイ　あれって……。
マーロウ　（作ったものを矯《た》めつ眇《すが》めつ眺めて）なんだこれ……。
保安官　私もなんか他の方のと違うなぁと思って見てたんですが、やっぱり違いますか。
ノイ　どうすれば作れるんですかこんなものを。
マーロウ　列車を作っていたつもりなんですけど。
保安官　なんなんですかそれ。
マーロウ　さあ。
ニンニ　列車なんじゃないですか？

マーロウ　え。
ニンニ　列車を作ってらしたんでしょ院長様は。
マーロウ　作ってました。
ニンニ　でしたら列車なんじゃないですか？　魂の。
アニドーラ　それがですか……？
ニンニ　だって列車を作ってらしたのよ。ですよね。
マーロウ　そうなんです……。
保安官　列車なんですか、それが。
マーロウ　列車です。
ニンニ　列車ですよ。
アニドーラ　ええ……。

それは列車だということになった。

ノイ　私は時代遅れな人間なのかもしれません。
保安官　なんですかいきなり。
ノイ　聞いてらしたんですか……。
保安官　聞いてましたよ。

ダル　（ほんの少し照れ笑いしながら）そういえば私、夕べ、シスター・アニドーラのことをあなた（ソラーニ）だと思ってしまって……。
ソラーニ　え？
ダル　痛み止めの薬草を飲んでボンヤリしてたのよ……すっかりあなただと思って長々と昔話を……（アニドーラに）ごめんなさい悔い改めます。
アニドーラ　いいんですよ。あなたが話してたのはシスター・ソラーニです。
ダル　はい？
ニンニ　そうですね。シスター・ダルはシスター・ソラーニに話してたんですから。
ソラーニ　（ダルに）何を話したの？
ダル　いいんですよ。私、少し休ませていただきます。（と立ち上がる）
ソラーニ　（笑顔で）気になるじゃない。
ダル　なりません。あなたも模型作りを教えていただいたら？
ソラーニ　（主にマーロウに）いいですか？
マーロウ　もちろんいいですよ。ちょっとしたコツさえ飲み込めれば簡単ですよ。
ノイ　……。

ソラーニ、テーブルの方へと移動する。ダルは祭壇に祈る。

ダル　失礼致します。

保安官　お大事に。

ダル、自室へと去った。

保安官　（悪気なく）あの火傷はひどいですねぇ。ありゃ一生残るな。

ソラーニ・一同　……。

マーロウ　お座りなさい。

ソラーニ　はい。

ソラーニ、座る。

マーロウ　あなたが熱心にお祈りするようになって、私たちはとても嬉しいです……。

保安官　（よく事情はわからないが）それはよかった。

ソラーニ　はい……。

マーロウ　（自分の作った模型を）これは魂の列車です……地上での歩みを終えた兄弟姉妹《きょうだいしまい》たちが神の元へ召される時に乗るのです……昔は今よりずっと海が大きかったので魂の船に乗ったんですよ……。今は列車。いつか魂の列車に乗れるよう、ひとりひとりが願いを込めて作るのです。

ソラーニ　はい……。

マーロウ　では好きに作ってごらんなさい。

ソラーニ　はい。

皆が作るだけの時間、ややあって——。

アニドーラ　（作りながら、不意にソラーニに）あなたには婚約者がいるんですってね……。

保安官　私？

アニドーラ　いいえ、シスター・ソラーニ。

保安官　ああ……私は去年女房に出て行かれましてね。

アニドーラ　存じ上げてます。

保安官　ええ。（ソラーニに）え、婚約者。

ソラーニ　（さすがに少し腹を立てた様子で）ママが——シスター・ダルが勝手に決めたんです……。

アニドーラ　それは違います。

ソラーニ　え……？

アニドーラ　シスター・ダルはあなたが産まれる前に八人の子供を身籠《みごも》りましたが、

ソラーニ　すべて死産だったそうです……。
アニドーラ　知ってます。
ソラーニ　シスター・ダルはトゥーマ・パルーマの祈禱師《きとうし》のところへ行ったそうです……。なんとか元気な赤ちゃんを授《さず》かりたいと……。
アニドーラ　祈禱師……。
有名な祈禱師だそうですよ、海に流された王子様をたった一本の絹糸でたぐり寄せたとかいう……。祈禱師は言いました。「私の祈りによってあなたは可愛らしい女の子を授かります。ただし、五つの歳まで無事に生きられるかはわからない」。
保安官　なんですかそれは。授けといてそんな――。
アニドーラ　ちょっと黙っていただけますか？
保安官　すみませんつい。それから？　何て言ったんですか祈禱師は。
アニドーラ　「もし仮に苦難を乗り越え、無事に成人したとしても、私との約束を果たさなければその子は死ぬでしょう」。
ソラーニ　……。
アニドーラ　その約束というのが……
ソラーニ　二十歳《はたち》のお誕生日に婚約者のところへ嫁《とつ》ぐこと……。
アニドーラ　ええ……祈禱師が決めた婚約者よ。

ソラーニ　……。
保安官　（わかってるのかわかってないのか）へえ……。
アニドーラ　シスター・ダル、何度も謝ってたわ……涙が火傷にしみると言って笑いながら……。
ソラーニ　（泣いている）
保安官　え、泣いてらっしゃる……⁉（アニドーラに）今のはいい話ですか、悪い話ですか。
アニドーラ　さあ……どっちもなんじゃないでしょうか……。
保安官　どっちもか……。
ソラーニ　（ダルが去った方を気にして）私ちょっと。

保安官以外の全員が「そうしなさい」みたいなことを言う。
ソラーニが去ろうとした時、オーネジーとテオがドアを開けて来る。

ソラーニ　あ……。
テオ　やあ……。
オーネジー　（何を言うかと思えば）泣いたって駄目よ！
テオ　（制して）おい……。

ソラーニ　（オーネジーに、誠実に）ごめんなさい、ママもあたしも。
オーネジー　（面喰らって）え……。
ソラーニ　お婆様、お亡くなりになったんですってね……。
オーネジー　（表情曇《くも》って）……。
ソラーニ　おつらいでしょうね……でもきっとこれからも、ずっとあなたのことを天国から見守ってくださってるわ……。
オーネジー　はい……。
ソラーニ　（微笑んで手を差し出し）握手。
オーネジー　……。
ソラーニ　（オーネジーの手をとって握手してから）今、皆さんと一緒に模型を作ってたのよ。
オーネジー　え……！
ソラーニ　魂の列車。きっと今頃お婆様も乗ってるわね。

オーネジー、いきなりソラーニの腕に嚙みつく。

ソラーニ　痛い！
テオ　やめろオーネジー！
ニンニ　よしなさいオーネジー！

皆　（口々に止める）

大混乱。ソラーニ、声を上げながらダルが去った方へ逃げ、オーネジーは追う。人々も追って行き、そこには誰もいなくなった。
長い間。
ソラーニ以外の皆、ゾロゾロと戻って来る。

保安官　（オーネジーに）どうして噛みついたりするんだよ。もしおまえさんがコブラだったらあの方亡くなってるぞ。コブラじゃないから良かったけど、亡くならないから。（笑う）

シスターたち、微妙に苦笑するのみ。オーネジーは何も言わない。

ニンニ　駄目よもうあんなことしちゃ。
オーネジー　（ニンニには素直で）ごめんなさい……。
保安官　よく会うなテオ。ヤン先生なんだって？
テオ　（それには答えず、苦笑して）なんでいるんですか……。
保安官　ちょっとお手伝いだよ。ヤン先生なんだって？

テオ　（曖昧に）ええ。
保安官　ええって。（シスターたちに）昼食会のあと病院で偶然。
マーロウ　病気ですか？　怪我《けが》？
テオ　いえ……。
オーネジー　（テオがそれまで隠すようにしていた右手を出し）テオ、手が木になっちゃったの。
オーネジーの言う通り、テオの右腕は肩から下がすべて木になっていた。
皆、あたりまえだが驚く。しかしその驚きは、ダルの火傷ほどシリアスではなくて――
マーロウ　あらま……。
保安官　なんだってヤン先生。やっぱり切るしかないって？
オーネジー、祭壇へ行って声を発さずに祈りはじめる。
テオ　（思い詰めた様子で）死ぬかもしれないそうです、これ切ったら……。
保安官　（さすがに真剣に）え……。
オーネジー　（祈りながらテオに）だから木の方は切らないでテオの方を切ればいいのよ。
テオ　同じことだろ……。

オーネジー　全然違うわ。
保安官　そうか……。
テオ　（あまり強くなく）ヘンなこと祈らないでくれよ……!?
オーネジー　（不本意で）ヘンなこと?
保安官　死ぬんじゃ切れないな……。（努めて明るく）まあ元気出せ。腕の一本ぐらい木になったって……（シスターたちに）ねえ。
マーロウ　そうですよ……。
保安官　俺が子供の頃にヨーナス爺さんっていう、ここ（ヘソのあたり）から下しかない爺さんがいたような気がするよ。
ノイ　ここから下ですか……!?
保安官　ええ。（テオに）それでもいつだってひどく陽気だったぞ。
ニンニ　ここから下で陽気なんですか……!?
保安官　ええ……そんな気がするんですが、気がするだけかもしれません。
テオ　気がするだけですよきっと……。
保安官　（元気づけるように）バカ。平気だよ腕の一、二本失くなったって。
テオ　ええ……。
保安官　さ、では私はそろそろ、お暇《いとま》するとしましょう。
ノイ　そうですか。

保安官　お茶ごちそうさまでした。
マーロウ　いいえ。イチジクのパン、晩餐《ばんさん》にみんなでいただきますね。
保安官　（再び、どこか歯切れ悪く）ええ……。（小声で）テオ。
テオ　はい？
保安官　わかってるな……。
テオ　わかってますよ……。
保安官　（まだ祈っているオーネジーを見る）
テオ　（ので）あいつもわかってます。
ニンニ　（保安官に）なにをですか？
保安官　いいえ、失礼のないように。噛みついたり。
ニンニ　（少し違和感をもちながら）ああ……。
ノイ　（マーロウに）院長様、お見送りを。
マーロウ　はい。
保安官　結構ですよ見送りは。
ノイ　そうは参りません、あれだけの物を運んできていただいて。
保安官　すみません。（祭壇に向って錨を切って）ギッチョダ……。（ニンニとアニドーラに）失礼いたします。
アニドーラ　ではまたバザーで。

保安官　え、ああ、はい。

アニドーラ　（その、どこか歯切れの悪い反応に）いらっしゃいますよねバザー。

保安官　ええ、もちろん伺いますとも。では。

ニンニ・アニドーラ　神の御加護を。

保安官　神の御加護を。（テオとオーネジーに）じゃあな、元気出せよ。

テオ　はい……。

保安官、ノイ、マーロウ、ドアから去った。

オーネジー、祈り終えていた。

ニンニ　お婆様のことをお祈りしたの？

オーネジー　（微笑んで）いろいろよ……。

ニンニ　そう……お座りなさいよ二人とも。

オーネジー、座る。テオ、座らない。

アニドーラ　お茶を淹れましょうか。

オーネジー　（ニンニに）淹れよう……！

アニドーラ　いえ、今日は私が。昼間あんなに手伝ってくれたんだもの。
テオ　すみません、手伝えなくて。
アニドーラ　んん、仕方ないわよそんなふうじゃ。（腕のこと。でニンニに）そうだ、イチジクのパンも。
ニンニ　ありがとう。
アニドーラ　降ってきましたね……。

アニドーラ、去った。
たしかに、雪が降りはじめていた。

ニンニ　（オーネジーに）お婆様、とても安らかなお顔されてたわね……。
オーネジー　（微笑んで）うん……（模型に目を落として）魂の列車、乗れたかな……。
ニンニ　乗れたわよ……乗れたに決まってるじゃない。
オーネジー　うん……。魂は列車の中で、とっても静かで幸せな気持ちになれるのよね……？
ニンニ　そうよ……。
オーネジー　お婆ちゃん、さっきニンニたちがお祈りしてくれたら笑ったわ……。
ニンニ　そう……。

テオ　（見ずに、吐き捨てるように）笑うわけがないじゃないか、死んでるのに……。
オーネジー　笑ったのよ！
テオ　へえ。（狂ったように）アハハハハハ！　って!?
オーネジー　（テオを睨みつけて）……。
テオ　なんだよ……。
ニンニ　（やさしく）よしなさいよ二人とも……。
オーネジー　ごめんなさい。
ニンニ　……。
オーネジー　お婆ちゃん、修道女になっていいって。嬉しいって。
ニンニ　え……。
オーネジー　嬉しいって言ったのよ。
ニンニ　いつ？　亡くなってから？
テオ　（やや、バカにするように）生きてるうちに決まってるでしょう……（オーネジーに）うわ言だろ。
オーネジー　（テオには構わず、ニンニに）お婆ちゃんはじきに天に召されるってわかってたのよ。死神が来たんですって。だからあたしに聞いたんだわ。何か言っておきたいことはないかって。
ニンニ　そう……。

オーネジー　「お婆ちゃん死んじゃうなら修道女になりたい」って言ったの。そしたらいいって言ったのよ。嬉しいって言ったの。本当よ。
ニンニ　ええ……。
オーネジー　（ニンニを見つめたまま、期待いっぱいのニュアンスで）さあどうする……？
ニンニ　（苦笑して）どうするって……。
テオ　（ニンニに）連れてゆくおつもりですか、こいつを修道院に。
オーネジー　（当然じゃないか、というふうに）そうよ。
ニンニ　そんなことすぐに決められっこないじゃないの……言ったでしょ、ゆっくり時間をかけて話し合いましょうって。
オーネジー　（待てぬとばかりに）何時間!?
テオ　（強く）なれますかこいつが!?　修道女に！
オーネジー　（負けじと強く）なれるわよ！
ニンニ　どうしてあなたたちはすぐそうやって……。仲良くなさいな。
テオ　したいですよ仲良く。大好きなんですから。
オーネジー　……。
テオ　……。
ニンニ　そう……大好きなのね……。
テオ　大好きです。わかりませんか見てて。

ニンニ　わかるわ……。

テオ　あなたたちが来てからおかしくなってしまったんだ！　あなたたちのせいだよオーネジーがヘンになったのは！

オーネジー　！　（どうしてそういうことを言うのかと）テオのバカ！

テオ　（さすがに自省したのか）すみません……。

ニンニ　……オーネジー。

オーネジー　はい。

ニンニ　テオのお嫁さんになるつもりはないの……？

テオ　（ニンニの口から出るとは予想していなかった意外な言葉に）え……？

ニンニ　あなたに聞いたんじゃないわ、オーネジーに聞いたの。（オーネジーに）どうなの？　テオのお嫁さんになろうとは思わない？

テオ　待ってください。もし今こいつがそんな気は全然ないと答えたとしても、それが本心とは限りませんからね⁉

ニンニ　（その、予防線を張るようなテオの言い分に、少し笑いながら）え？

オーネジー　（テオにキッパリと）嫌よそんなの。

テオ　ほらね。こう言うんですよ口では。

オーネジー　だってあたし口でしか喋《しゃべ》れないもの。

ニンニ　聞いて。これは大事な話よ。お嫁さんは嫌だとしても、テオのことは好き

テオ　でしょ？

ニンニ　え……。

テオ　どう？　好きでしょ？　一緒にいて楽ちんでしょ？

オーネジー　（ニンニの真意を測りかねて）一体あなたは……！

テオ　好きよ。大好きよ。

テオ　！

オーネジー　（ニンニに）テオも虫も、お芋《いも》もカバの赤ちゃんも。

テオ　……。

オーネジー　（テオに）もっと大好きなのはアップルパイとお婆ちゃん。（ニンニに）……もっともっと、一番に大好きなのが、ニンニよ……。

ニンニ　ええ……。

テオ　（ニンニに）惨敗《ざんぱい》じゃないですか。

オーネジー　だけどテオは手が木になっちゃったわ。

テオ　なっちゃったからなんだよ……。

オーネジー　なっちゃったから、テオはお芋の次。

テオ　減点されるのかこれで……。

ニンニ　ねえオーネジー。

オーネジー　なに？

ニンニ　お芋を食べながらテオと一緒に待っててくれない？　必ずまた会いにくるから……。
オーネジー　え……。
ニンニ　楽しいでしょ。テオもいるし、なによりお芋があるんだもの。
オーネジー　でも……
ニンニ　また来年、必ず巡礼に来るわ、この村に。
オーネジー　だけど……
ニンニ　だけどなに？
オーネジー　（助けを求めるようにテオを見る）
テオ　（ので、小さく首を振る）
ニンニ　なに、なんなの？
オーネジー　なんでもないの。
ニンニ　そう……。じゃあお願い、そうして。テオ。
テオ　はい。
ニンニ　それまでオーネジーを守ってあげられる？
テオ　あげられますよ。決まってるじゃないですか。
ニンニ　どうオーネジー。
オーネジー　（小さく）嫌……。

ニンニ　困らせないで私を……。
オーネジー　困らせてるのはニンニよ。
ニンニ　え……。
オーネジー　だってこの村はもう――
テオ　（制して）おい！
ニンニ　なに……!?　この村がどうしたの？
オーネジー　（言いたくてつらいが）なんでもないの……！
ニンニ　……。
テオ　（オーネジーに）俺がなんとかするよ、それまで。
オーネジー　手が木なのに……!?
テオ　手は木だけど……。
ニンニ　仕方ないわ、病気なんだもの。
オーネジー　病気じゃないわ。虫に刺されたのよ。
ニンニ　虫に……？
テオ　ええ戦地で。（オーネジーに）いいじゃないか、木。いろんな虫がやってくるよこの腕に。君の好きな虫が。
ニンニ　（神妙になって）虫って、このぐらいのヒルみたいな？
テオ　（その様子に、以下、少しずつ不安が募《つの》りつつ）そうです。ヒルとゲジゲジの

ニンニ　合いの子みたいな。
テオ　それでいてヤケにすばしこい虫ね。
オーネジー　ええ……。
ニンニ　（ニンニに）知り合い？
テオ　んん知り合いではないわ。
ニンニ　虫がなんですか……。
テオ　それ、刺されたんじゃないわ……入り込んだのよ……。
ニンニ　入り込んだ……!?
オーネジー　あなたの中にいるの。
ニンニ　（ニンニに）幸せに暮らしてるの？
オーネジー　虫の方は幸せよ、おそらく。
ニンニ　そう……。（安堵）
テオ　（テオに）それはヒトアラシという虫です……。
ニンニ　ヒトアラシ……。
テオ　人の身体に入り込んで、その人の孤独を吸って生きる虫ですよ……。
ニンニ　なぜそんなに詳しいんですか……!?
テオ　嘘だと思ってるの？
　　　だってそんな虫、聞いたことがありません……。

ニンニ　世の中は聞いたことがないものだらけよ……私たちは日々、聞いたことのないものについて勉強しているんです……。

テオ　……じゃ、じゃあそいつを取り出せばいいんですね。（木になった腕を指し）ここに穴をあけて針金かなんかで――

ニンニ　無理よ。逃げていくわ。あなたの体の中はあなたが思っているよりずっと広いんですよ……。

テオ　……（と絶句し、ふと）え、孤独？　孤独を吸って生きてる？

ニンニ　ええ……オーネジー、一緒にお祈りしましょう……。

オーネジー　はい。なにを？　虫が幸せになりますように？

ニンニ　虫は幸せよ。これからのテオのことを。

オーネジー　テオはいいわよ。

ニンニ　よくないわ。（テオを見据えて）今はまだテオの方が多いけど半年もすれば木の方が多くなるわ。

オーネジー　まあ……。

ニンニ　来年の今頃には……。

テオ　（蒼褪《あおざ》めて）……。

ニンニ　さ、お祈りするの。

オーネジー　（よく理解できぬまま）はい……。

ニンニ、オーネジー、そして思わずテオも祈る。
間。風の音。
外はすっかり暗くなっており、雪も、いつの間にか吹雪になっている。

ニンニ　（しばらく祈ってから、そのままの姿勢で）テオ。
テオ　（同じく）なんですか……。
ニンニ　許して。オーネジーを渡すわけにはいかないわ……。
テオ　（ニンニを見て）……。
オーネジー　（同時に祈りをやめて、みるみる笑顔になり）連れてってくれるの!?　みんなが帰る時一緒に!?
ニンニ　シスターたち全員が認めてくださるのなら……。
オーネジー　（もうすっかりその気で）認めてくださるわ！
ニンニ　わからないわまだ。全員よ。
オーネジー　全員かぁ……。
テオ　ちょっと待ってください。木だと駄目ですか!?　木だとオーネジーを守れませんか!?
ニンニ　木はどちらかと言えば守られる側ですよ。

オーネジー　テオ、どこかに逃げなさいよ。
テオ　どこか……!?
オーネジー　じゃないと焼かれちゃうわ。
テオ　おい。
ニンニ　誰によ。焼かれないわ。
オーネジー　焼かれるの。王様が村を全部焼いちゃうのよ。
ニンニ　え……。
テオ　……あれほど言わないと約束したじゃないか……！　保安官とも……。
オーネジー　だって――
テオ　(遮って強く) だってじゃないよ！　村の集会で約束しただろう、言ったら修道女の皆さんを悲しませることになるからって！　君、それは絶対嫌だから言わないって約束したろ!?
オーネジー　口が言っちゃったのよ！
テオ　これで今日の村の人たちの努力も全部水の泡だ！
ニンニ　何、どういうこと!?
オーネジー　(ニンニに) 悲しくないよね？
ニンニ　わからないわ。
テオ　国王からの公示があったんですよ……来週の水曜日、王の即位の記念日

ニンニ　に村を焼き払うって……。
オーネジー　……！
ニンニ　だからあたしたちの村は燃えて失くなっちゃうのよ。
オーネジー　（これ以上ないというほどのショックで）どうしてそんなこと……
ニンニ　聖女アナコラーダ様の聖地だからよ。
テオ　……！　逃げるんでしょ村の人は!?
ニンニ　逃げる人もいます。
テオ　え……。
ニンニ　逃げない人もいますよ大勢……とくに年寄りはみんな、この村を離れるぐらいなら死んだ方がマシだって言ってます……。
そんな……

アニドーラが蒼褪めた顔で戻って来る。

テオ　どうしたんですか……。
アニドーラ　ネズミが……。
テオ　ネズミ？
アニドーラ　ネズミが何十四も死んでて……なんだか踊るみたいにして向ってきたか

ニンニ　と思うともう死んでるの……！
アニドーラ　そう……。
ニンニ　（ようやくニンニの方の異変に気づき）あなたはどうしたの……？
アニドーラ　村が焼き払われるんですって……今度の水曜日に。
オーネジー　どうして……！
アニドーラ　王様の命令よ。
テオ　……だって、村の人たち昼間、そんなことは何も……。
オーネジー　皆さんには言わない約束だったんですよ……村の集会で、全員一致で決めたことなんです……。
ニンニ　最後の思い出に、大好きな修道女様たちと過ごしたいって言ってみんなで決めたのよ……一日だけでも、いつも通り、楽しく……。
アニドーラ　そうだったのね……。（涙を浮かべてオーネジーに）ありがとう……。（テオにも）ありがとう……。
ニンニ　（来た方を気にしながら）そうなのね……だけど……。
アニドーラ　どうしたの？
ニンニ　んん、じゃそんなことあるはずないわね……。
アニドーラ　なにがよ？
　いえ……。

ニンニ　（強く）もう秘密はよしましょ!?

アニドーラ　……イチジクのパンが沢山齧《かじ》られてたの、ネズミに……（テオに）保安官さんが村の人たちから預かったパンよ……。

間。

ニンニ　（声を震わせて）あるはずないわそんなこと……パンを齧ったのと死んだのは別のネズミよ……。

アニドーラ　ええ……。

テオ　疑ってるんですか村の連中を。

アニドーラ　え。

テオ　オーネジー疑ってるぞこの方たち、あんな優しい人たちのことを。

アニドーラ　疑ってなんかいませんよ……。（背後に何か異変を感じて）!?

ネズミがアニドーラの背中のあたりに来たらしい鳴き声。

アニドーラ　（悲鳴をあげて、ネズミを摑《つか》み、床に投げ捨てる）

テオ　ネズミだ……死んでる……。

オーネジー、ネズミの死骸《しがい》を拾い上げる。

ニンニ　オーネジーよしなさい。

奥の廊下からダルとソラーニの悲鳴。
驚いたオーネジーがネズミの死骸をテオの方へ投げる。

人々　（悲鳴）

ソラーニ、走って来る。

ソラーニ　ママの包帯の中に何かいるの！
オーネジー以外　え……!?

ネズミの苦しそうな鳴き声と共に、ダルがほどけた包帯をはためかせて来る。たしかに包帯のすき間からネズミの尻と尻尾《しっぽ》が見える。

アニドーラ　ネズミだわ……。

ニンニとアニドーラ、ダルに駆け寄って包帯をとる。

オーネジー　（ソラーニの前へ行き、笑顔で手を差しのべる）
ソラーニ　え……!?
オーネジー　握手よ。
ニンニ　（包帯を取りながら）後にしなさい！

ダルの頬に張りついていた、潰《つぶ》れたネズミが床に落ちる。

ニンニ・アニドーラ　ひっ！
ソラーニ　大丈夫ママ!?
ダル　大丈夫……。
アニドーラ　どうやってもぐり込んだのそんなところに……！
ダル　わかりません。気がついたら包帯の中でモゾモゾ動いてて……。
ソラーニ　（ダルの顔を見つめていたが）ママ……。

ダル　なんですか……。
ソラーニ　火傷……。
ダル　ひどくなってる!?
ソラーニ　治ってる……。
ダル　え……?
ソラーニ　治ってるわ……。

一同、それぞれの気持ちで反応。

ダル　なに治ってるって……。
ソラーニ　治ってるのよ！　元通りのキレイなママよ！

ソラーニがダルの手を引いて窓へ向かう中――

オーネジー　ネズミが治してくれたのね。
アニドーラ　違うわよ。シスター・ソラーニが、心を込めて一生懸命お祈りしたから神様が治してくださったんですよ……。
ダル　（窓ガラスに映る自分の姿に）嘘みたい……。ありがとうソラーニ！（抱きしめて）神様……！

オーネジー　……。（ニンニと手を繋《つな》ぐ、あるいは腕を組む）

テオ　（のを見て）……。

ソラーニ、祭壇へ。

ソラーニ　主ダズネ様、聖女アナコラーダ様。ありがとうございます、私の祈りの声を聞き入れてくださって！　どんなふうに祈ったらいいのかもよくわからないで祈らせていただきましたが、私の願いは全部、すべて叶いました。もうこれからは決して、絶対に、神様を疑ったりなんかしません。私は生涯、神の子です。ギッチョダ。

ソラーニ、聖歌を歌いはじめる。
すぐにオーネジーがそれに加わり、やがてダル、ニンニ、アニドーラも――。

♪主《しゅ》の船今ぞ　帆を上げん
憂いはあらず　罪も消ゆ
私の耳元　あなたの声は

時去りゆく音《ね》に　惑《まど》うことなく
頬《ほほ》伝う涙　あなたへ注《そそ》がん
尽きせぬ主への
こかせきし祈り
尽きせぬ主への
こかせきし思い

聖歌、終わって――。

ニンニ　（祈って）主ダズネ様。あなたがいつも共にいてくださることに感謝します。恐れと不安の中にいる村人たちに、どうか救いの光をお示しください……。

アニドーラ　（同じく）あわれみ深い主ダズネ様。私の心に芽生えた疑いの心をお許しください。御心にかなった正しい道へとお導きください……。

蓄音機から音楽（チャイコフスキーのくるみ割り人形・序曲）が流れる。オーネジーがレコードをかけたのだ。オーネジー、曲に合わせて踊る。

オーネジー　（テオに向かって踊る）

テオ　（無反応）

オーネジー　（ニンニの手をとって踊る）

ニンニ　（笑顔になりきれず）……。

オーネジー　（元気を出せと促して）ニンニ！

ニンニ　（笑顔になり、リズムに乗って踊りはじめる）

最初はさして積極的ではなかった周囲の人々も、やがて踊りはじめて——

テオ　（だけ踊らずに）……。

テオ、やがて一人奥の廊下へと去ってゆくが、気づく者はいない。楽しそうに踊る人々。

ニンニの笑い声が、最終的に全員の笑い声へと波及した頃、不意にレコードが針飛びを起こし、同じフレーズを幾度も繰り返す。

人々　……。

ドアが開いて、保安官を見送りに行っていたノイとマーロウ（ぶどう酒の瓶を抱えている）が、硬直した表情で入室してくる。

人々　（その様子に）……。

オーネジーがレコードから針を上げる。

マーロウ　すぐに出発の準備をしてください。

アニドーラ　どうされたのですか……!?

マーロウ　今、保安官さんから重大な事実を伺ったのです……（ノイに）どこから話しましょう。

ノイ　院長様が決めてください……。

マーロウ　はい……。

ニンニ　国王の命令でこの村が焼き払われるということは聞きました。

マーロウ　誰から!?　もう言いましたっけ私。

ニンニ　いえオーネジーから……。

マーロウ　（オーネジーを見て）そうですか……すみません少々混乱しております。この山荘も失くなってしまうのです……。

ダル　焼き払われるのですか!?　この村が。

マーロウ　そうなんです。国王の命令（と言いかけて驚き）――火傷が治ってる……！

ソラーニ　神様が治してくださったんです……。

マーロウ　これ以上驚かせないでください。大切な報告なのです。

ダル　すみません……。

アニドーラ　それで？

マーロウ　それで……（ノイにすがるように）どこまで話しましたっけ私。

ノイ　私が話します。

マーロウ　お願いします。

オーネジー　（不意に）ネズミを……。

ノイ　ネズミ？

オーネジーが床に転がっていた二匹のネズミの死骸を拾い上げる中――。

アニドーラ　大量のネズミが死んだのです……もしかしたら……まさかそんなことはないとは思うのですが、先ほどいただいたイチジクのパンが齧られていて……。

オーネジー、ネズミの死骸をポイと暖炉に投げ入れて拝む。

ノイ　そうですか……おそらく村の誰かが毒入りのパンをよこしたのです。
ニンニ　（強く）そんなハズありません！
オーネジー　（その語気の強さに）なに……⁉
ニンニ　シスター・ノイは本気でそうお思いなのですか⁉　村の方たちは私たちを悲しませまいとして、この村が焼き払われることを私たちに言わずにおいてくれたのですよ！　そうでしょオーネジー！
オーネジー　はい。悲しいの？
ニンニ　悲しいわ！　あの方たちが私たちにそんなことをするはずがありません！
ノイ　もしそうすることで、村が焼かれずに済むとしてもですか？
ニンニ　え……⁉

短い間。

ノイ　修道女たちを殺せばおまえたちの村を助けてやると言われたら、恐ろしいことを考える人が出てきても不思議はないと思いませんか？
アニドーラ　国王がそう言ったのですか、村の人たちに……⁉
ノイ　いいえ、保安官が国王の側近から聞いたのです。
人々　……。

ノイ　側近はまた別の側近から聞いたそうです。ですから確かな情報かどうかはわかりません。
ニンニ　保安官さんがそうおっしゃったのですね。
ノイ　ええ。物事を見極《みきわ》める目をもった立派な方ですよ、そうは見えませんが。「万が一のことを考えてあのパンは食べない方がいい」と言われました。
アニドーラ　だったら渡さなければいいじゃありませんか……!?
ノイ　あの方にも立場というものがあるのです。
マーロウ　今また、ぶどう酒を手渡されました……村の方からだそうです……。
アニドーラ　え……!?
ダル　飲むのですか……!?
マーロウ　飲むわけがないじゃありませんか。毒が入ってるかもしれないのですよ!?　おそらく入ってます！　よかったですね火傷が治って！
ダル　はい……。
ノイ　(責めるニュアンスではなく) 私たちがここに留《とど》まることで村の方たちがどれほど苦しんでいるか、シスター・ダル、あなたは想像できますか……?
ダル　できます……。
ノイ　シスター・ソラーニ、想像できますか……?
ソラーニ　できます。

オーネジー　（負けじと）あたしもできます。
ノイ　そう……
オーネジー　すごくできます……。
ノイ　オーネジー。
オーネジー　はい。
ノイ　あなた、私たちと一緒に行きますか？
オーネジー　!?（とニンニを見る）
ニンニ　（嬉しく）実はそのことをお願いしようと思っていたのです。よろしいのですか!?
ノイ　お婆様も亡くなって、もしこの村が焼かれてしまったらどこへも行き場がないでしょう。
オーネジー　（嬉しそうに）ないです。
ノイ　私たちの修道院にはかつて戦争で親を亡くした孤児が沢山いたものです。この子が望むなら一緒に……。異を唱える人はいますか？
誰も反対しない。
ノイ　ではそうすることにいたしましょう。

ニンニ　ありがとうございます！
オーネジー　ありがとうございます！
ノイ　あなたは何も持たずに行くことになりますけどいいですね？
オーネジー　はい！
マーロウ　ではみなさん、すぐに出発しましょう。五分で荷作りを。模型も片づけて。
皆　（口々に）はい。

嬉しそうなオーネジーが手伝い、人々はそれぞれが作った模型を手にして去る。
ダルとソラーニはノイが作った模型と工具を片づける。
遠く、鐘の音。
そこにはノイとオーネジーだけが残る。

オーネジー　シスター・ノイは荷作りしないの？
ノイ　私はとっくに済ませてるの……。
オーネジー　そう……。

ノイ、マーロウがテーブルの上に置いたぶどう酒の瓶を手にする。

オーネジー　教会の鐘だわ……。
ノイ　（ぶどう酒の瓶を見つめながら）そうね……。
オーネジー　もう誰もお祈りに行かなくなった……。
ノイ　ええ……。
オーネジー　ぶどう酒？
ノイ　そうよ……。
オーネジー　飲みたいの？
ノイ　……。
オーネジー　毒が入ってるかもしれないのに？
ノイ　一緒に行きたいなら少し黙ってて……。
オーネジー　はい。

オーネジー。奥の窓の前のでっぱり部分に膝を抱えて座る。
やや、間。
不穏な音。
オーネジーが見ると、祭壇の近くには鎌を持った死神が立っていた。

オーネジー　（小さく）あ……。（ノイを気にして口を塞ぐ）

死神　……。

オーネジー　（ノイに教えようとするが、黙ってろと言われたので声を出せず、必死に手ぶりで伝えようとする）……。

ノイ　（気づかずに窓の外に降る雪を見つめていて）……。

死神、消えている。

オーネジー　!?（窓から降りる）

ノイ　どうしたのですか？

オーネジー　今、死神が来ました……。

ノイ　そう……また来ましたか。

オーネジー　え……。

ノイ　ここ二、三日よく来るんです。

オーネジー　（不安気に）お婆ちゃんにも会いに来たって言ってました……。

ノイ　そう……。

オーネジー、祭壇に向かって手を合わせる。

荷物を手にし、マントをつけたシスターたちが来る。

マーロウ　（ノイに）シスター・ノイの荷物です。急ぎましょう。雪がひどくなってきました。
ノイ　聖女アナコラーダ様は大雪の中、ずっと長老の病気が治るようにと祈り続けました、息絶えるまで。
マーロウ　それはそうですが私たちは聖女アナコラーダ様ではありませんし、今は――
ノイ　院長様。皆さんも座って聞いてください……。
皆　……。

皆、テーブルを囲んで座る。オーネジーはニンニの隣に立つ。

ノイ　私は、このぶどう酒を飲もうと思います……。

ごく短い間。

マーロウ　シスター・ノイ、気でも違われたのですか……!?　毒が入っているかもしれないのですよ……!?
ノイ　入っているかもしれませんね。もしそうだとしたら、村の誰かが、自分たちの村を救おうとしてそうしたのです……。

ダル　私たちを犠牲にしてですよね。

ノイ　ええ。もし毒が入っていなかったら、村の誰もが、自分たちを犠牲にして私《わたくし》たちを救おうとしてくれたと考えるべきでしょう。

マーロウ　え、飲んでみてそれを確認しようとおっしゃるんですか……!?

ノイ　そうではありません。（ゆっくりと、丁寧に言葉を紡ぎ）私は聖・船出祭のあの日からずっと、四十三人の姉妹たちが天に召されたことについて、自分の胸に問いかけてきました……姉妹たちが去った後、私たちが為《な》すべきことは生きることだと信じてきました……あなた方もそうですよね……日々の務めを果たすことが救いとなりました……台所仕事をし、畑仕事をし、聖歌を歌い、祈り、鐘を撞《つ》きましたね……まわりでどんなことが起ころうとも、心を乱されないようにしてきました……それが、それだけが救いの道につながると信じていたからです……。しかし本当にそれでよかったのでしょうか……。今目の前にあるこのぶどう酒が、その問いかけに対する答のような気がするのです……。私たちに村人を救うことはできないけれど、神なら救えるでしょう……。すべては神がお決めになることです……。

ニンニ　私もいただきます……。

マーロウ　いただきますって、飲むのですか……!?

ソラーニ　（ダルに）あたしも飲むわ。
ダル　（ソラーニを見て）……。
ソラーニ　（ダルに）神様に助けていただいたのよ!?　お返しをしなくちゃ。それにまだわからないじゃない。毒なんか入ってないかもしれないのよ？
ダル　そうよね……
マーロウ　ですけど、入ってるかもしれないんですよ……!?
アニドーラ　私もいただきます……。
マーロウ　……。
ダル　私もいただきます……。
ノイ　オーネジーは？　どうするか自分で選ぶのです。
オーネジー　飲むわもちろん……。
マーロウ　あなたは修道女でもなんでもないんですから飲む必要はないのですよ。
ノイ　いいのね……？
オーネジー　飲むのよ。
マーロウ　……。
ノイ　あとは院長様だけです……どうされますか……？
マーロウ　……（やや無理が見えつつ）いただきます。
ノイ　嫌々ならやめてもらってかまわないんですよ。

マーロウ　（かぶせて）嫌々じゃありません。（強く）こういう時は、飲むんです。

ノイ　どういう時ですか。

マーロウ　迷った時です。（皆に）神はいつも道しるべをくださいます。私たちに村人を救うことはできません。ですけど、神なら救うことができると思うのです。

ノイ　それさっき私が言ったことですよ。

マーロウ　いただきましょう。すべては神がお決めになることです。ソラーニ、盃《さかずき》を。

ソラーニ　はい。

ソラーニとマーローウは棚へ向かい、ソラーニは棚から盃を出し、テーブルに並べる。

「白鳥の湖」が流れはじめた。マーロウがレコードをかけたのだ。

皆　（マーロウを見る）

マーロウ　（少し笑うような）

六人の修道女たちとオーネジー、一人ずつ、厳かに、ぶどう酒を瓶から自分の盃に注いでゆく。

突然、音楽が高なる。

七人、同時に盃を飲み干した。

皆の表情は誰もが清々《すがすが》しく、微笑んでいるように見える。

やがて、立ち上がり、荷物を手にし、ドアへ向かって歩き出す七人。惜別《せきべつ》の思いを胸に、部屋の中と祭壇に目をやって錨を切ると、降りしきる雪の中、去ってゆく。

まだ続いている音楽。

完全に樹木と化したテオが現われる。

テオ　……。

テオ、もう誰もいないことを察し、テーブルの方へと移動する。

不意にドアが開き、同時に音楽が途切れる。大きな荷物を持ってやって来たのはドルフ。まだ傷は完治しておらず、頭に包帯を巻いている。

ドルフ　……。

風の音。暖炉の火はいつの間にか消えている。

ドルフ、樹木の正体がテオであることには微塵《みじん》も気づかず、「どうしてこんなところに木が」とは思うが、すぐに祭壇へ行き、手を合わせる。

ドルフ　（静かに、誠実に）主ダズネ様、聖女アナコラーダ様。私たちの村をこれまでお守りくださりありがとうございました……私らのような貧しい村がこれまで平和にやってこれましたのも、全部ダズネ様、アナコラーダ様のおかげです……大事な聖地を焼かれちまうなんて、まったく申し訳がありません……どうか、どうかお許しください……。

ドルフ、祈りを終えると、仕事は仕事だとばかりに祭壇の上の物を手際良くテキパキと片づけはじめる。

テオ　ドルフさん。

ドルフ　びっくりした……なんだテオか。すっかり木じゃねえか。昼間病院来た時は片っぽの手だけだったのに。

ドルフ、そう言うと再び片づけはじめる。

テオ　脱け出してきたんですか病院。

ドルフ　ああ、あんなとこにいられるかよ。俺のことキチガイ呼ばわりだ。

テオ　……。

ドルフ　修道女様たち、出て行ってくださったんだな。まったく申し訳ない……。

ドルフ、テーブルの上の盃を、とりあえず窓の下の棚の上あたりにどかす。

ドルフ　寒いか？　暖炉つけるか？

テオ　いえ……。

ドルフ　逞《たくま》しいな木は。

ドルフ、そう言いながら奥の廊下へと一度引っ込む。

ドルフの声　なんだこれ……。

テオ　え？

ドルフ、例の、グリシダの遺品が入った木箱を手にして戻ってくる。木箱には手紙がついている。

ドルフ　いや、木箱が……手紙がついてるんだよ。

テオ　その木箱……。

ドルフ　え？

テオ　いえ……。

ドルフ　（手紙を読んで）「国王様に献上させていただきます。修道院長」。あげちまうのか。なんでまた……。（と木箱の蓋を開けようと）

テオ　あ、開けない方がいいみたいです。

ドルフ　そうなの……？

テオ　ええ……。

ドルフ　……。

テオ　ドルフさん。

ドルフ　なんだよ。

テオ　すみませんでした。

ドルフ　（以下、しばらくテオを見ずに）なにが。

テオ　殴ったり首締《し》めたり。

ドルフ　ああ、あれおまえだっけ？

テオ　僕です……。

ドルフ　いいよもう。

テオ　ただ、オーネジーは魔女なんかじゃないと思います。

ドルフ　いいよもう。村が焼かれるとなっちゃ、もうなんでもいいよ。

テオ　……。

ドルフ、白い大きな布をテーブルにかける。

ドルフ　（ここでテオに向き直って）やれと言われたことはやらねえとな……国の奴らは病院だろうと何処だろうとおかまいなしにとっ捕まえに来やがるから……。鍛冶屋のトーマスみたいに目ん玉くり抜かれるのは勘弁だよ……。

テオ　……。

ドルフ　（やや、神妙になって）テオ……。

テオ　はい。

ドルフ　デデっていう男、知ってるだろう。おまえと一緒に兵隊行ってた男だよ……。

テオ　……はい。

ドルフ　死んだってよ。

テオ　え……！

ドルフ　自殺した。隣村の教会で首吊って……。

ドルフ、再び仕事を始める。祭壇といくつかの場所に白い布を掛け、奥の窓の前の椅子をどける。

ドルフ　隣の病室の奴に聞いたんだ。遺書が遺されてたってさ……戦地で、おまえと二人でひどいことをしたって書いてあったそうだ……。

テオ　そうですか……。

ドルフ　仲間を殺したのかい、何十人も……。敵がやったと見せかけて地雷で吹っとばしたそうじゃないか……。

テオ　……。

ドルフ　どうしてそんなことをしたんだよ……。

テオ　会いたかったからですよ、好きな人に……だって死んだら会えなくなっちゃうじゃないですか……！

ドルフ　そりゃそうだ……だからっておまえ、

テオ　あの日の何日か前、近くにいた味方の部隊が敵に攻撃されたんです……全滅でした……誰一人助からなかった……誰一人です！　次の標的は間違いなくウチの部隊でした……俺は逃げ出したくなった。なのに、信じられますか!?　仲間はみんな、死を覚悟していると言ったんです……俺とデデにはとても信じられなかった……だから俺はデデに言ったんですよ。死ぬ覚悟ができてるのなら、敵に殺されようが俺たちに殺されようが同じじゃないかって、どうせ死ぬんだから……！　俺は一日でも早く村に戻っ

ドルフ　て会いたかったんです、好きな人に……だから……俺は……。（不意に黙る）
テオ……どうした……。
ドアが開き、オーネジーが泣きながら飛び込んでくる。
オーネジー　テオ！
ドルフ　オーネジー……。
オーネジー　雪の中で動かなくなっちゃったのよ！
ドルフ　誰が。
オーネジー　修道女様たちよ！　みんな血をいっぱい吐いて、苦しい苦しいって言って！　早く運んできてあげて！　暖炉で暖めてあげてよ！　早く！
ドルフ　オーネジー、落ちつくんだ。
オーネジー　喉《のど》をこうやって掻き毟《むし》っていっぱい血を吐いたのよ！　喉が焼けるって言ったの！　嫌よ！　あんなに苦しんだ人が天国になんか行けるわけがないわ！　早く運んできてあげてよ！　血を拭き取って暖めてあげて！
ドルフ　もう遅いよ。血を吐いて動かなくなっちまったんじゃ……。
オーネジー　テオ！
ドルフ　もう話すこともできなくなっちまったみたいだな……。

オーネジー　テオのバカ！　（ドルフに）運んできて！

ドルフ　わかった……行くだけ行こう……。

オーネジー、祭壇に行って手を合わせる。

ドルフ　（同行するものと思っていたオーネジーが祈りはじめるので）……。

ドルフ、外に出て行った。

テオ　（小さく）オーネジー……。

オーネジー　主ダズネ様、聖女アナコラーダ様、神様の名の元に修道女様たちをお救いください。

テオ　（再び小さく）オーネジー……。

オーネジー　主、ダズネ様。我らが他人に赦すごとく、我らの罪を赦したまえ。御名が崇められ、御国の来たらんことを。御心が地にも行われんことを。今日も我らに日ごとの糧を与えたまえ。我らを試みにひきたまわざれ、我らを悪より救いたまえ。怠りと悶えと無駄事のこころを我らに与うるなかれ。

突如大きな汽笛の音が聞こえる。

オーネジー　！

修道女たちを乗せた魂の列車がゆっくりと走ってくる。

オーネジー　……。

列車、停車する。

静かに、音楽。

列車の窓からは六人の修道女の姿が見える。

ノイがいる。マーロウがいる。アニドーラがいる。ソラーニが、ダルが、そしてニンニがいる。

皆、幸せそうに微笑んでいる。

オーネジー　魂の列車……乗れたのねみんな……。

ニンニが列車のドアを開ける。

オーネジー　ニンニ……！

ニンニ、オーネジーに微笑みかけ、彼女に向かって優しく手をのばす。

オーネジー　（祭壇は見ずに）神様、ありがとうございます……！

オーネジー、ニンニに向かってゆく。

テオ　（振り絞るように、小さな小声で）オーネジー……。

列車に乗るオーネジー。
ドアが閉まった。

テオ　行かないでくれ……オーネジー……。神様……。

列車、ゆっくりと走り始めて——。

了

3つの祈り――あとがきに代えて

1

神を信じる思いというものが、私には実感できない。信じていないからだ。キリスト教をはじめ、多くの宗教を俯瞰《ふかん》した時、個人的にはどうしても、どこか滑稽さを感じてしまうのだ。滑稽さ。都合の良さと言ってもよい。だが、一方で、世の中には説明のつかないことばかり。私たちはどこから来てどこへ行くのか。わからない以上、ひとは仮定の中で生きてゆくしかない。生きることに切羽詰まれば、仮定の度合いを弱めたくもなろう。やがて、気がつけば、かつての「仮定」は「確信」に限りなく近いものになっているだろう。私自身、「思わず祈る」ことが度々ある。祈らずにはいられない。神様がいようがいまいが、その切実な願いが叶うよう、望む自分がいる。『修道女たち』が描いたのは「神の存在の有無」でも「信仰の是非」でもない。登場人物同士の、あるいは彼ら彼女ら各々の内部に生じる倫理的葛藤《かっとう》だ。

そうしたドラマを生き生きと物語る為には、ぜひとも善意に根差した人物だけで構成されなければならなかった。裏で何かを企んでいるような人物は不要。登場人物の誰かが誰かに嘘をつくにしても、良心がそうさせていなければならない。多少は欲にまみれていても問題はない。彼ら彼女らがそのことに自覚的であり、葛藤してさえいれば。そんな規定を自らに課して筆を進めた。

ところで、どうも観客の中には「正解」が示されないと納得できないタイプの方が一定数いるらしい。「アニドーラを翻弄したのはグリシダの亡霊なのか、(小)悪魔なのか」「オーネジーは特殊な能力をもつのか、だとしたらそれはどんな類《たぐい》の能力なのか」「殺されて埋められたはずのドルフは、どうして生きていたのか」「ダルの火傷はどうして治ったのか」「オーネジーもぶどう酒を飲んだのに、どうして死ななかったのか、それとも実は飲んでないのか、あるいはラストに部屋へ飛び込んできたオーネジーは亡霊なのか」「テオが二場でノイ達に語る戦地の惨状は、実は自分と友人のデデが殺した仲間達についての描写なのか、だとすると、彼はどんな思いであれを語ったのか」等々。どうしても答えろと言われれば作者なりの回答を示すことはできるけれど、それとて正解なわけではまったくない。解釈を限定してしまうことの貧しさから逃れようと、いつまで経ってももがいている私だ。わざわざ提示するような野暮はしたくない。

そう、ノイがマーロウに言い放つ台詞。「わかりません。私は別になんでもわかるわけじゃないんですよ……!?」作者としても同じ気持ちだ。常にそうありたいと望んでいる。

2

　この芝居の稽古に入ったのは２０１８年の８月下旬。公演の為に劇場入りしたのは10月のど真ん中だった。その前に自身が主宰する劇団の25周年公演を二本、4月と7月に、立て続けにやっている。4月は再演『百年の秘密』、7月は書き下ろし『睾丸《こうがん》』である。わざわざそんなことを記すのには理由がある。『修道女たち』を書くに至った経緯には、いつもの書き下ろし新作と異なる、特別な事情があった。初めて公にすることだ。

　当初、**KERA・MAP**（しかしふざけたユニット名です。自分の筆名同様、こんなに長く続けることになろうとは、ゆめゆめ想像もせずにうっかり命名。野田秀樹さんもそろそろいい加減にしろと思ってやしまいか）の第8回公演には、ある女優がキャスティングされており、と言うか、そもそもが彼女と私の間で立ち上がった企画であり、当然彼女を中心とした物語になる予定だった。具体的な内容までは決まってなかったけれど、なんとなくの世界観は頭の中にあった。なにしろ何年も前、劇場を押さえたり、他のキャストにオファーを掛けるずっと前から、その点だけは大前提として認識していたのだから。

　ある個人的な事情で彼女が降板を願い出てきたのは5月の頭。そろそろ制作担当者と宣伝ビジュアルのプランを相談しようとしていた矢先のことだった。私は『百年の秘密』の地方公演の大千穐楽《せんしゅうらく》を終えた後の打ち上げの席、突如鳴り響いたマネージャーからの電話でその報《しら》せを聞き、刺身が喉につかえた。刺身なんて、そうそう喉につかえたりはするものではありません。驚きのほどが伺えるじゃないですか。どうですか。

　あ、先に断っておくが、私はこの事情を語ることによって件の女優さんを責めようとしているわけでも貶めようとしているわけでもない。もちろん報せを受けた時には大いに動揺し、「ふざけんなこのタイミングで」とも思ったが、程なく本人から丁寧な手紙をもらったこともあり、とっくにそんな思念は消えた。

で話を戻す。私は報せを受けた夜、公演を中止にすべきではないかと思った。言うまでもなく、ひとつの公演を取りやめるというのは（まだ情報が解禁される前だったとは言え）覚悟のいる大変な決断である。が、しかし、この公演の企画は彼女ありきで始まったのだ。このまま主軸不在で準備を進めるのはなんとも気持ち悪かったし、問題なく進むとも思えなかった。結局その晩遅く、私は主催であるキューブに判断を委ねたのだった。

数日後、「公演は中止にせず、必要とあらばキャストを補塡《ほてん》して、別の企画として、新たなプランで新作を書き、上演してほしい」との回答。その頃には私の頭もだいぶ落ち着いており、もしできるならそうした方がよいかも、と考えるようになっていた。やるなら一から考え直した方がいい。

さらに数週間後のこと。その頃の私はすでに『睾丸』の稽古に入り、並行して同作の台本を執筆する日々。「新たに二名のキャストからも降板の意向が示された」と聞かされる。「どひゃあ」とは思ったけれど、ある程度の覚悟はあった。繰り返しになるが、降板した女優ありきで始まった企画なのだ。オファーを受けてくれた理由が「彼女と共演したいから」だったとしても何ら不思議はない。件の女優が降板した以上、引き止められはしない。こうして計三名のキャストが離脱してしまった。予想通り、問題なく進むわけなかったのだ。

そろそろ情報解禁して宣伝を始めなければならなかった。「いやはや、どうしたもんじゃろうかね」とか言いながらも、頭の中は一か月後に幕を開けねばならぬ『睾丸』のことで埋め尽くされていた。

毎度ながら切羽詰まっていたのだ、『睾丸』の現場も。開幕するまでは他の公演について考える余力はまったく無かった。ただ、ひっきりなしに頭をよぎったのは、降りずに残ってくれた出演者（及び事務所）と、こんな時期のオファーであるにも拘らず出演を快諾してくれた新たな出演者（及び事務所）たちの顔（事務所に顔はないが、例えばマネージャーさんとか社長さんとかの顔ですよ）。彼らに報いる為にも、絶対に、絶っっっっっっっっっっっ対に（お客さんはともかく、まずは自分たちにとって）素晴らしい公演にせねばならないとだけは決意していた。決意しっぱなしで中身は皆目考えられなかったのだが。

そんな状況の中でも、ともかく正式なタイトルを決定し、仮チラシを作り、本チラシの為のキャストの写真撮影もしなければならなかった。だから、『修道女たち』という題名にしろ、豪雪の中で修道女と修道士が並んだ宣伝写真にしろ、熟考する時間がとれぬまま、直感で決めたものだ。私は己の直感を信じる人間である。じゃなかったら怖くてこんな具体的なタイトルとビジュアルにはできない。勝算は少なからずあったが根拠は無かった。あくまで勘。

『修道女たち』の宣伝ビジュアルは、『睾丸』の劇場入り直前（しかしまだ台本は脱稿していなかった）に撮影された。デザインされ印刷され配布が始まったのは8月。やっと『睾丸』から解放された私は、ようやく、祈るような思いで『修道女たち』の構想に入ったのだった。稽古開始まで二週間を切っていた。こんなに短期間で構想をまとめたことは近年にはない。そこからはもう必死だった。

祈りは届いただろうか。届いたに違いない。でも、誰に？

3

私は小学2年生の歳から23歳までその家に暮らしていた。細い私道の奥にポツンと自信無げに建つ小さな木造の二階屋。最初は家族四人で引っ越して来た。父、母、母方の祖母、私である。ケイトという名前のコッカースパニエルも一緒だった。中1の時にケイトが死に、ほぼ同じタイミングで母が男を作って家を出て行った。祖母は居づらかったろうが、おばあちゃん子だった私を思って暫《しばら》く残ってくれた。しかしそれも数年、私が高校を卒業するまでのこと。その後はその家に住むのは父ひとり子ひとりのさみしい家族になった。私が成人した頃、父が身体を壊して入院を余儀なくされる。ひとりぼっちでその家に住み続けるのはしんどく、23の時に、ついに最後のひとりも家を出た。私は近くにマンションを借りて、付き合って間もない女性と、人生初の同棲生活を始めたのだった。

誰も足を踏み入れなくなった家。空き家は朽ちていくのが早い。父は私が25の時に亡くなり、自分は二度とその家に住むことはないだろうと思った。持ち家なのだから家賃はかからない。いざとなれば戻れば寝泊まりには困らない。が、すでに私道には雑草が生い茂り、外壁は剝《は》がれつつあり、玄関前にはのら猫が棲《す》みついて、幽霊屋敷のような様相を呈したボロ屋に戻る気にはなれなかった。嫌な思い出ばかりの家だ。足を踏み入れたが最後、思い出たちに呪い殺されそうな気がした。

かくして、無人の家は放置され、32年の歳月が経った。売却が正式に決まったのは『修道女たち』の執筆に入る直前である。幕が開き次第、必要なものだけ引き上げる約束だった。と言っても30年以上踏み入れることのなかった家に今さら「必要なもの」なんてあるわけがないのだが。それでも幼い頃の写真（手持ちの写真がまったく無くて、要請があるといつも「ありません」と断るしかなかったのだ）、何枚かのレコード、父が生前買い集めていたシートの切手（これはそれなりの値がつくだろう）、もしかしたら父や母の形見になるものもあるやもしれない。

台本を執筆し稽古を進める間、ずっとこの家のことが気にかかっていた。『修道女たち』の開幕は、私にとってはこの家との再会と完全なる決別をも意味しており、そのことは少なからず作品世界に影響を及ぼしているに違いない。あの家はさしずめ、修道女たちが出て行ったあとの山荘だ。私は時間という亡霊を感じながら創作していた。遺されている品々と、一体どう対面したらよいのか。たとえば洋服ダンスいっぱいに入った衣服と。もう決して戻ることのない人間に着用されるのをひっそりと待ち続けていた衣服たちと。読み捨てられた雑誌と。最後に剃った時の髭が詰まったT字の髭剃りと。事の顛末《てんまつ》（なんてものがあるとしたらの話だが）はまたいずれどこかに記そう。『修道女たち』の幕は開いたのだから、いずれにせよもう作品に影響することはない。それはもう作品とは無関係の出来事だ。

最後に『修道女たち』の公演に携わってくださったすべての方とお客様、この本の出版を快諾してくださり、ゲラの赤入れとこのあとがきの原稿のあまりの遅さに、快諾したことを後悔してるに違いない白水社の和久田頼男氏に、心からの謝意を表し、皆様の幸福をお祈りして。ギッチョダ——。

2018年　11月

ケラリーノ・サンドロヴィッチ

スタッフ

音楽：坂本弘道

美術：ＢＯＫＥＴＡ

照明：関口裕二、瀬戸あずさ（balance,inc.DESIGN）

音響：水越佳一（モックサウンド）

映像：新保瑛加、上田大樹（&FICTION!）

衣装：伊藤佐智子

ヘアメイク：宮内宏明（M's factory）

擬闘：明樂哲典

演出助手：山田美紀

舞台監督：竹井祐樹（Stage Doctor Co.Ltd.）

宣伝美術：雨堤千砂子

宣伝写真：江隈麗志（YourAgent. Tokyo）

宣伝衣装：伊藤佐智子

宣伝ヘアメイク：山本絵里子、浅沼 靖

パンフレット編集：市川安紀

プロデューサー：高橋典子

制作：川上雄一郎、瀬藤真央子、重松あかり、福本晋太郎、仲谷正資、桑澤 恵

票券：西宮沙織

広報宣伝：米田律子

製作：北牧裕幸

協力：アクロスエンタテインメント、ウッドパーク・オフィス、大人計画、オフィスPSC、シス・カンパニー、フォスター・プラス、ホリプロ・ブッキング・エージェンシー、マッシュ、ラウダ

企画・製作

キューブ cube

上演記録

KERA・MAP #008

『修道女たち』

作・演出

ケラリーノ・サンドロヴィッチ

日程・劇場

【東京公演】2018年10月20日(土)〜11月15日(木) 下北沢 本多劇場

主催=キューブ

【兵庫公演】2018年11月23日(金・祝)〜24日(土) 兵庫県立芸術文化センター 阪急 中ホール

主催=梅田芸術劇場/兵庫県/兵庫県芸術文化センター/キューブ

協力=リコモーション

【北九州公演】2018年12月1日(土)〜2日(日) 北九州芸術劇場 中劇場

主催=公益財団法人 北九州市芸術文化振興財団

共催=北九州市

キャスト

鈴木杏:オーネジー
緒川たまき:シスター・ニンニ
鈴木浩介:テオ
伊勢志摩:シスター・マーロウ
伊藤梨沙子:シスター・ソラーニ
松永玲子:シスター・アニドーラ

みのすけ:テンダロ/ドルフ/保安官/死神
犬山イヌコ:シスター・ノイ
高橋ひとみ:シスター・ダル

林原めぐみ(声の出演):シスター・グリシダ

装丁　雨堤千砂子

著者略歴
一九六三年東京生
横浜映画専門学院（現・日本映画学校）卒
ナイロン100℃主宰

主要著書
『私戯曲』
『ウチハソバヤジャナイ』
『フローズン・ビーチ』（岸田國士戯曲賞受賞）
『ナイス・エイジ』
『カフカズ・ディック』
『室温――夜の音楽』
『すべての犬は天国へ行く』
『カラフルメリィでオハヨ――いつもの軽い致命傷の朝』
『犬は鎖につなぐべからず――岸田國士一幕劇コレクション』
『労働者K』
『消失／神様とその他の変種』
『祈りと怪物　ウィルヴィルの三姉妹』
『グッドバイ』
『ナイロン100℃　シリーワークス』（編）

上演許可申請先
株式会社キューブ
〒一五〇―〇〇一一
東京都渋谷区東三―二五―一〇　T&Tビル8F
電話（〇三）五四八五―二二五二（平日12〜18時）

修《しゅう》道《どう》女《じょ》たち

二〇一八年一一月一〇日　印刷
二〇一八年一一月三〇日　発行

著　者 © ケラリーノ・サンドロヴィッチ
発行者　及　川　直　志
印刷所　株式会社　三　陽　社
発行所　株式会社　白　水　社
東京都千代田区神田小川町三の二四
電話　営業部〇三（三二九一）七八一一
　　　編集部〇三（三二九一）七八二一
振替　〇〇一九〇-五-三三二二八
郵便番号　一〇一-〇〇五二
www.hakusuisha.co.jp
乱丁・落丁本は送料小社負担にてお取り替えいたします

誠製本株式会社

ISBN978-4-560-09421-1

Printed in Japan